菩薩と呼ばれた男
行基本伝

篠崎紘一

東京図書出版

菩薩と呼ばれた男　行基本伝◇目次

第一章　汚濁の地へ

南の山からは焼畑の煙が、青空に立ち昇っている。火を入れると、すぐに畑に種を播き、そこで夫婦は交合をする。類感呪術なのである。男女の野合に触発されて作物は芽を出し、やがて実をつけるのだ。

行基《ぎょうき》は十年に及ぶ山岳修行を終え、古里に帰る途中である。三十八歳になっていた。

山岳修行は霊能力（サイキックパワー）を身につけるためのイニシエーション（儀式）でもある。肉体を滅ぼすほどの苦行により、潜在している霊能力を鮮明に顕在化させるのだ。獣しか棲まない山岳地帯に入り、衣は葛、藤の皮、木の葉などからつくる草衣。常食は山の木の実、わらび、つくしなど、眠るのは雨風の吹きこむ岩窟。断食、山岳走行、断崖に身をつるしての読経、不眠不動、水行、火生三昧《かしょうざんまい》などの荒行をつづける。

霊魂こそ自分の主体であることを実感する苦行なのである。人間は肉体と霊体（スピリット）との複合構造ゆえに、苛烈な修行によって霊的人間になることが可能となる。

村はこれから忙しい時期を迎えることになる。山に田打ち桜が咲くころになると、田作業が始まるのだ。稲株を掘り起こし、そこに山から採ってきた若葉を踏みこむ。山の神の霊力で、大地の生命力を活性化させようとするのだ。それが済むと、高い山から田の神さまが里へ下りて来てくださる。

だが、今年は田畑に出ている村人の姿はほとんど見られない。原野のような荒れ果てた田畑が視界いっぱいに広がっているばかりだ。

行基は六六八年、河内国大鳥郡峰田里に誕生した。父は高志《こうし》才智、母は峰田古爾比売《こじひめ》。両親ともその家系は朝鮮半島の国、百済からの帰化人である。

天智天皇が即位して間もない時代で、数万の兵を送ったにもかかわらず、唐・新羅連合軍と戦い、全滅し、唐軍が侵攻してくるのを恐れ、二千人にも及ぶ国内の百済人を東北に強制移住させたりし、政情の定まらない時代でもあった。

これまで歩いて来た近隣の村々は飢餓の惨状がひどく、村人は飢えて雑草や木の皮を食べ、それでも足らないとなると土まで口にして、飢をしのぐ状況のようだった。

さらに行基を驚かせたのは、この村のあちこちの家に死体が転がっており、その霊が邪霊や悪霊となって、地縛霊となって多くさまよっていることだった。飢えて死んでも、まだ自分の家から離れようとはしないで、そればかりか生きている者に憑依し、自分の力で支配しようとする。

行基が生家にもどると、母親が待っていてくれた。父親は数年前に亡くなっている。

「行基よ、よくぞもどられた。さぞ、辛い修行でありましたでしょうな」

母親の古爾比売は顔をくしゃくしゃにして喜び、行基の衣の袖をつかんだ。

長子の行基が出家したのは、十五歳のときのことである。そのとき母親はさすがに別れが辛く、行基にすがって、しきりに泣いたりしたものだった。

母親はおだやかな性格の持主で、忍耐強い女人である。

「行基よ、そなたに逢いたいという女人がおりましてな」

「はて、だれかな？」

「逢えばわかります」

と母は微笑む。

その母の言う一人の女人が、行基を訪ねて来た。

「行基さま。われを覚えておいでですか？　幼いころ、お助けいただいた百草《ももくさ》ですが」

三十歳くらいの女人は行基のまえに出ると、深々と頭を下げた。

ほそい肉身をしているが、その瞳は理知的で、心になにか強靭なものを秘めているような女人だった。

よく見ると、その顔には見覚えがある。

「おう、思い出したぞ。確かにそなたは、百草」

「はい。お懐かしうございます」

百草は、女人独特の艶のある微笑を見せた。この百草のことで、二十二年前（西暦六八二年）、行基は出家をしなければならなくなったのである。

百草の家は貧農で、租税を役所に払うことができず、地域の領主、郡司《ぐんじ》は、配下の官吏に七歳になる百草を捕らえて来るよう命じた。そのくらいの年齢の女子であれば、けっこう家の下働きもでき、何処の豪族にも売ることもできる。

当時、体格、体力に優れる行基少年は、悪さをする村の若者たちに一目置かれる存在だった。行基は数人の若者に声をかけ、官吏を襲い百草を奪いとった。

権力をカサに着て、農民に横暴な行為に及ぶ官吏が、純粋な少年にはどうにも許せなかったのである。

行基の家は蜂田郷の小豪族で、暮らしには多少の余裕があった。郡司の魔手から救った百草を屋敷の小屋に隠し、毎日、そこに食事を運んで世話をした。

けれど、郡司の追及は執拗だった。犯行に関わった者たちを探索し、その首謀者が行基である、と疑いの眼を向け始めた。

小心者の行基の父は、百草のことを知ると、

「そなた、なにを考えておるッ。さような小娘をかくまうとは何事か。郡司に刃向かうようなことをすれば、わが家は破滅ぞ」

そう行基を叱りつけた。

「早く追いだすのじゃ。よいか」

「いやじゃ。悪しき者は、あの娘じゃないわえ。郡司の奴らがあくどいことをするからじゃ」

と行基は反抗する。

そのうちに郡司は父親を呼びつけ、百草と行基を引き渡せ、と要求した。進退きわまった父は、親戚が懇意にしている法興寺（飛鳥寺）の高僧、道昭《どうしょう》と相談した。

道昭は白雉四年（六五三年）、遣唐船に乗って大唐へ渡り、大慈恩寺の玄奘三蔵《げんじょうさんぞう》のもとに修学し、八年間の留学を終えて帰国した僧侶である。

「話はよくわかった。郡司の手から逃れるには、出家させるのがよかろう。愚僧が預かってもよいぞ」

その言葉に父は喜び、道昭に行基の身を委ね、そして、百草は遠地にある知人の養女にするということで、決着をつけたのだった。


百草とは、そのとき以来の対面になる。

「われは、あれから……」

と百草は、行基が出家してからの事情を語った。

彼女は、十四歳で嫁いだ。が、身体の弱い彼女は、そこでの農作業の重労働に耐えられず、すぐに離別され、その四年後にまた別の男のもとに嫁いだ。

今度は子宝に恵まれ、うまくいっていたが、その子は三歳のときに急に死んでしまった。そして、ふたたび子ができたものの、やはり、その子にも死なれてしまい、そのあと子ができず、またもや離縁となってしまった。

そのころには養ってくれた両親も、とうに行方知れずになっていた。

「われは行基さまのことを、ずっと耳にしておりました。このたびめでたく修行を終えられ、お戻りになる、ということを耳にして、このわれをぜひお弟子にしていただけぬものかと、こうしてここに参りました」

これは行基の母親とも相談したことであるという。人の世の無常を感じ出家し、新たな人生を歩みたい、とする百草の決意は、気まぐれなものとは思えなかった。

それにずいぶんと辛酸をなめてきたわりには、百草は前向きで、常に陽に向かって顔を上げている、というふうがある。

「そうか、よかろう、われのもとで修行をするがよい」

行基は承知し、百草に清信《せいしん》という法名を与え、弟子にした。

この国には僧尼制度というものがある。

出家すると沙弥《しゃみ》、沙弥尼となり、それから長い修行を積み、国家公認の僧侶・尼僧として授戒を得て、比丘、比丘尼となる。

在家の仏道修行者、それは優婆塞《うばそく》、優婆夷《うばい》（女子）と呼ばれており、正式な僧侶、尼とは認められない。百草は行基が勝手に尼と認めたが、あくまで私度僧《しどそう》の優婆夷である。弟子ができると、寺兼道場も必要になる。そこで行基は、いまの生家を布教の本拠と定め、家原寺と名づけることにした。

行基、三十八歳の時である。

行基が山岳修行を終え、官寺に戻ろうとしないのには、信仰する三階教《さんがいきょう》の教えがあった。その経典は民衆のなかに加わり、民衆とともに歩むことを推奨している。

立派な寺や難解な仏典を捨て、幽閑寂寞の地を離れ、この悪濁の世に身を委ねてこそ真の仏道者と成り得るのだ。

さらに、行基の人生に大きな影響を及ぼした恩師の道昭は、四年前に亡くなっていた。道昭の葬儀は、わが国初めての火葬となった。

仏僧としての生き方を学ぶ師としては、道昭以外の者は考えられないことであった。そしてまた、貴族や朝廷にしか奉仕しない官寺の遣り方、官度僧《かんどそう》の在り方にも疑問を抱いていた。

父親の命令により、強制的に寺に送りこまれた行基である。得度し出家はしたものの、経典を学ぶことになど、まるで関心はなかった。そもそも僧侶になるつもりなどなかったのである。

郡司に捕まって獄舎につながれる、そうなってはどれほど過酷な日々を送ることになるかと思うので、たいして好きでもない仏寺に入ったのだ。

寺にいる自分は仮の姿だ、と行基は常に考えていた。

そんなかれを見て、道昭はこう言った。

「おうおう、困ったものじゃな。仏典を好きになれぬのか。じゃがな、そなたは既に得度を済ませておるのじゃぞ。坊主が坊主にならずして、いったい、なにになるつもりぞ」

「別に……考えておりませぬわえ」

行基はふてくされて答える。

「ほう、さようか。なにも考えぬのか。ならば、そなたの頭はなにに使うつもりぞ。頭はたんなる飾り物じゃないぞ。頭というものはな、考えるために使うものじゃ」

うるさい坊主だ、と行基は反発し、横を向いた。

他の新入りは懸命に経典を学び、早く一人前の僧侶と呼ばれるようになろうとしている。が、行基はあいかわらず、毎日をぶらぶらと、ただ無為に過ごしているだけだった。

道昭は、ある日、行基に、

「そんなふうに肉身《にくそみ》をもてあましているのも、さぞ辛かろう。良い若者が、朝からごろごろしているのは、見苦しいものぞ。いかがじゃ、寺で過ごすのが嫌ならば山にでも入ってみるか」

「山に？」

「そうじゃ。ま、山での修行も厳しく辛いものだがな、じゃが、ここでかような様で日々を送っていても、なににもならぬからの」

当時、僧尼に関する制度は、養老律令で定められていた。僧となる者は、律令政府の名のもとに正式な得度、授戒を受けなければならない。

民衆と接触をせず、ひたすら寺内で修行し、国の政策を遵守し、天皇や貴族のための葬儀を執りおこない、鎮護国家に役立つ官度僧になることを要請されていた。そのかわり国家公務員的な官度僧になれば、さまざまな特権が付与され、国からも厚い保護を受けることになる。

寺を出て山岳修行をやることは、たとえ法華経などで認められているとしても、国の法には違反することであった。

だが、道昭も型破りの僧侶だった。寺で経を読むことよりか、外に出て民衆のなかに加わり、布教し、かれらを救済することのほうが、遥かに重要であると考えていた。

行基も思った。こんな退屈な寺で修行するよりか、奥山へ入っての行のほうが、うんと楽しいものになるのではあるまいか。それに山岳修行と聞いて、ぴんとくるものがあった。

「お師匠さま、奥山で行を積めば、役行者《えんのぎょうじゃ》さまのごとくになれまするのか」

役行者（小角）。優婆塞であるその在俗の僧は、大和の国の人間で、チマタでも評判の高い僧だった。山岳修行で孔雀経の呪法を習得し、強烈な霊力を示す才能を身につけた。

民衆から高い評判が挙がったことから、

「あの怪しげな優婆塞は、陰謀を企て、天皇を滅ぼそうとしておりまする」

と誹謗され、朝廷の敵となった。

道昭は行基の問いに、

「ああ、小角か。あれもやたらと風変わりな坊主じゃがな。ま、修行しだいでなれるやもしれぬな」

そう答え、がはっ、と笑った。

道昭の言葉を聞いて、行基は勇み立った。朝には風雲に乗じ夕には仙境に遊ぶ、そんな顕密《けんみつ》有験《ゆうげん》の僧に成り得るならば、威張りくさる郡司の輩など、ひとひねりにしてやっつけることができる。

それを想像しただけで、行基は、小豆《あずき》飯をたらふく食った気分になった。

「お師匠さま、われは行きまする。何処の奥山であれ、岳であれ、そこへ行って修行をいたしまする」

やっと行基も、僧侶になろう、という気持になれたのだった。寺を出て山岳修行をするに際し、道昭は行基に注文をつけた。

「いまの心念のままでは、いくら奥山で修行をしたとしても、なにも身につけることなどできないぞ。

つまり、修行をするには、それ以前に、しっかりした準備をして、堅固な心構えができあがっておらなければならぬのじゃ。そうでないと、やっても成果は挙がらぬわえ」

というのである。

それには多くの経典を学び、僧侶としての基礎をつくらなければならない。

「金光明最勝王経、涅槃経、法華経、三階教……」

――特に三階教については、念入りに学ぶことを道昭から指示された。

三階教の宗派は、大陸の隋の時代（五八〇年頃）、宗祖、信行が創立したものである。釈迦の死後、千年以前を一階、二階とし、それまでは特定の仏法で衆生を救済することができる。が、千年を過ぎると、三階の段階になり、その時代になると一切の聖人もおらず、多くの仏法を用いなければ衆生を救済することはできない。

この趣旨により一法にとらわれず、華厳経、涅槃経、法華経、維摩経、十輪、阿含経など三十九の経典から、新たな仏法を創生したものだった。

これらの経典を充分に習得することは、容易なことではない。けれど、いくら山岳修行をやりたいと願っても、行を積むための基礎ができていなければ、役行者のような権力を得ることはできない、と道昭は諭す。

体力に自信のある行基は、睡眠も他の僧たちの半分しか取らず、経典漬けの日々をおのれに課した。やると決めたら徹底的にやるほうなのだ。そして、さまざまな仏法を頭に入れて、山岳修行に出向いたのだった。

行基は、さっそく第一号の弟子、清信尼と布教活動に入った。村々を訪れ、そこで村人を集め説法をした。三階教では、一切の衆生にはことごとく万物の真霊たる仏性（如来蔵）があるとして、相手がどんな人間であれ、敬い尊ばなければならないとしている。

行基は集まった農民に、こう説いた。

「いまの世は末法の世。この汚濁の世に生きねばならぬ人間は、おのれの悪を認め、悪を懺悔し、これを償わねばならぬ。そして、あらゆる仏に帰依し、あらゆる経典にすがらねば、けっして救われぬ」

女人の初めての弟子、清信尼は行基の説法の激烈さに心が震えた。

行基は烈焔が天を覆うように法を説く。同時に説法に聞き入る民衆の姿勢に対し、まるで別の人間のようになるのだ。

ある日の集会で、行基は一人の女を見とがめた。女は猪の油を髪につけており、油の強い臭いを周りに発散している。

これでは説法を聞く者が集中できぬ、と行基は、

「そこの女人よ。この場から去るがよい。髪を洗ってから来なさい」

と退場を命じた。

また別の日に、子連れの女人があった。その子が泣き喚き、説法の邪魔になった。行基は凄い形相をし、女人に告げた。

「その子を川に棄てよッ」

それを聞いた清信尼は慄然となった。

(行基さまは、気でも狂われてしまったのか)

説法に集っていた人々まで、行基の言葉に耳を疑い、がやがやと騒ぎだした。

「女人よ。その子はそなたの、まことの子にあらず。その子は前世からそなたと悪縁のある者ぞ。その魔霊の憑く悪しき子を、いますぐ川に棄てよ」

すると、女人はまるで行基の言葉の魔力に心を操られているかのように、ふらふらと川岸に近づいて行く。そして、行基の命令どおり、子を川に投げ棄てた。

「たまげた！　あの子はまぎれもなく魔物の子じゃ。川に放り込まれた赤子は、にやっと笑って、薄気味悪い顔をしていたぞな」

と現場にいた年寄りが、清信尼にそう伝えた。


農村は極度に疲弊していた。飢餓の一歩手前にある貧農が多く、離村し逃亡する者があとを絶たなかった。

律令制度の基盤は公地公民制、班田収授法の実施にある。六歳になると、男子は二段（一段は三百六十歩）、女子はその三分の一の口分田《くぶんでん》が貸与される。そのかわり、租庸調《そようちょう》の税を国に納めることが定められていた。

ところが、その制度は完全に破綻してしまった。租税や労役の負担が重く、貸与されている口分田を耕作するだけでは、農民は暮らしが成り立たない状況に追いこまれてしまっていた。官僚、貴族社会が定着し、農民は生かさず殺さず、孔子流に言えば、民はこれを由らしむべし、これを知らしむべからず、といった政道がまかりとおっていた。農民が餓死しても政事のせいではなく、凶作のせいにする。人間を殺すのに、棍棒の代わりに悪政がその役割をになった。

農民一人一人の戸籍簿が作られ、それには年齢、容貌、背格好、身体にあるホクロまで記載された。逃亡者に対しては、ムチ打ちなどの厳しい刑罰を課した。

また租税となる稲や特産物、反物を運ぶ運脚夫《うんぎゃくふ》や、都の苦役に駆り出された役民たちが、持参の食糧が尽きて、風に吹かれるごとく山野を放浪した。

行基は説法に出て、そんな浮浪人を見つけると生家の寺に連れ帰り、信者の仲間に入れた。川に溺れている者を見つけて、救いの手を差し伸べないことは、仏道者として仏罰を受けなければならないことなのだ。

たちまち寺は扶養者であふれる様になった。その連中を食べさせるには、いかにすべきか、頭を悩まさざるを得ない事態が生じた。

それであれこれと思案し、考えついたのが布施行だった。布施で得た物で、かれらを養おうとしたのだ。

大陸でも布施に関する名高い法話がある。

南北朝の時代、甘粛省に法進という僧侶がいた。あるときかれは、飢餓にあえぐ悲惨な難民たちから助けを求められた。

かれらに食を布施しようとするが、それも尽き、

「こうなったら、わが身を布施するしかない。どうか、このわれの肉身を食べて生き延びてもらいたい」

と願い出た。

自分の身命まで布施し、民の命を救いたい。菩薩の捨身行を実践しようとしたのである。

いま一つの説話は、隋の末期、法素という僧侶のこと。

城中で飢餓に瀕し死んでいく人々の姿を眼前にし、金銅の仏像二体を溶かし、これを食べ物に換え飢えた者に与えた。

「仏像を打ち壊すとは、なんたる所業ぞ。それでも仏の弟子であろうやッ」

そう罵倒し、責めたてる他の僧侶に対し、

「いや、これで民は救われる。仏もさぞお喜びくださるはずぞ」

法素は、そう言い放ったのだった。

衆生済度こそ仏の本願、そのことの本質を忘れてはならぬ、と法素は指摘したのである。

寺に住む信者たちに布施行をやらせるには、かれらを清信尼と同じく世俗の僧にしなければならない。

国の僧尼令に違反する私度僧であり、官度僧は国家に奉仕する僧侶であって、民衆と接することは禁じられている。違反者は朝廷に処罰される。

「私に入道及び度する者には杖一百」

という刑罰である。

行基はこの法律を無視したわけである。が、行基の信者となった浮浪人たちにも、これを恐れる気持はなかった。毎日、生きるか死ぬかの日々を送ってきたのだ。たとえ、百回、杖で打たれるとしても、確実に生きることのできる私度僧の道を選んだほうがよい。そういう心境になった。

行基は、かれらが僧侶になるにあたって、仏の戒を護ることを誓わせた。

一、盗みをしない。
一、みだりに淫欲にふけらない。
一、嘘をつかない。
一、酒を呑まない。
一、装身具や香料を身につけない。

一、歌や踊りに夢中にならない。
一、寝心地のよい寝台で眠らない。
一、金銀財宝に関心を持たない。

これらの戒めを護ることのほうが、多くの経典を学ばせるより、遥かに僧侶としての資質を向上させる、と行基は考えた。経典については、行基が信仰する三階教が中心である。国の官度僧は護国三部経のうち、法華経と金光明最勝王経の二経を重視していた。

国を救うのではなく、民を救うのを目的とするのだ。それが官度僧との大きな違いなのである。仏教的儀式に通暁する必要もなければ、寺院の本尊を礼拝することに、多くの時間をかける必要もない。

民衆に接し、民衆を仏と拝み、民衆と共に生きることを本義とするのだ。行基は、かれらを活動させるに際し、さまざまな教育を施すことにした。

まず布施に関する利益、功徳についてである。

たとえ、その心に仏性を持つ民であっても、無教養の者が多く、難しいことを説いても得心させることはできない。得心できなければ布施をする気にもなれぬであろう。

そこで、行基は信者たちにこう教えた。

「何故、布施が必要なのか。民人にはこう話すがよい。いま生きているのは苦しい。じゃが、いまのままでは死んでからの世も、さらに苦しいものとなる」

「いま貧賤に生まれたのは、前世に福を修しなかったがゆえである。さらに、人は前世の悪業のみか、現世でもなお、悪を為しながら生きておる。五官の欲楽を求めて生きる人間は、必ず胸中に毒意を抱くようになるものぞ。前世からの宿業《しゅくごう》と現世での悪業を償うには、いまの世で、生きているうちに善行を成すこと、善根功徳を積むしかない」

善には、行いとしての行善、報いられる報善の二つがある。正しく善行を成して、仏の喜ぶ浄命を起こすのである。

「さもなければ、あの世の浄土に往生できず、阿鼻《あび》地獄に堕ちることになる。あの地獄の恐ろしさを知るがよい」

でも、あの世には仏教で説くような地獄などない。霊性の悪質な者は悪質な者同士が類魂（グループソウル）となって、幽界の下層の同じエリアに住み、当然、そこは雰囲気が最悪の殺伐した世界となり得る。

それが地獄と言えば地獄とも呼べるのだろうが、要は同じ波長を持つ霊魂同士が集まるだけなのである。

むろん、行基はそのことを知ってはいるが、無教養の者たちを説得するには、ウソもまた方便なのである。

「よいか。償いはあの世ではなく、この世でするのじゃ。善を念じ悪を改めよ。そなたが仏に布施をいたさば、そのことが善行となって、あの世へ行って地獄に堕ちずにすむ」

「さらに、この娑婆で功徳《くどく》を施せば、そなたのみか、そなたの親、子、兄弟まで、悪業の償いができる」

行基の話を聞いた信者たちまでが不安になって、

「それでは、われらはいかになりまするや。こうして出家し、僧侶になれば地獄に堕ちることはなくなりますのか」

「いや、それだけではダメじゃ。そなたらはまだ地獄に堕ちようぞ」

「ならば、いかにすれば？」

行基は信者たちをぐるりと見渡し、

「布施行じゃ。心身投入し、布施行に励むがよい。布施行に専心し、心清浄の心境たる直心が宿るようにせよ。さすれば、三途の世に往生せず、死しても地獄、餓鬼、畜生の三悪道に堕ちることなく、極楽浄土にゆける」

と今度はあの世の天国、霊界について語り始める。

「涅槃（ニルバーナ）というところはのう……」

とまず行基は仏教の法華経で告げている天国・霊界について説く。

――法華経の授記品第六。

「さまざまな汚れ、瓦や小石、いばらやトゲ、糞尿などの汚物もなく、土地は平らか、高低、くぼみ、丘もない。

大地は瑠璃《るり》からできており、宝の樹がならび、黄金を縄にして道のほとりを境とし、常によい香りがただよい、おごそかに飾られている」

見宝塔品第十一。

「大地は瑠璃、宝樹をおごそかに飾り、黄金を縄にして八本の道をつくり、多くの集落、村々、都城や大海、大河、山、川、林があり、大きな宝玉のような香をたき、曼荼羅《まんだら》の華が地面一面に散りしき、宝玉づくりの網や幕がかけられ、多くの宝の鈴がかけられている」


浄土、天国の実情を語り終えて、行基が信者たちに、

「どうかな。布施に熱心になれば、このような素晴らしい浄土にゆけるのじゃぞ」

と言うと、かれらは、

「おう、そうか、そうなのか」

とほとんど恍惚となって、満足そうな表情を見せた。


にわか僧でも、僧衣を着せなければ托鉢行はできない。捨てられた布でこしらえた糞掃衣《ふんぞうい》の僧衣である。が、それでも僧侶にとって僧衣は多聞天《たもんてん》の神変の鎧であり、武器ともなり得るも

のなのだ。

馬子にも衣裳である、僧衣をまとうと浮浪人のかれらも、なんとなく僧侶めいた姿になる。そして、行基の命令一下、かれらはいっせいに村々をまわり始めた。

仏典では布施の遣り方について、こう戒めている。

布施を受ける相手は、金持ちだの貧者だのと区別してはならない。すべて平等に扱い、軒並みに托鉢すべきである、と。金持の豊かな布施も有り難ければ、貧者の一灯も尊いのだ。

それに托鉢行は、空腹に耐える力を養うためにおこなう修行なのである。三階教の教祖、信行は、塔や道路で遭ういかなる人々にも礼拝し、乞食をして一日一食を実践した。

布施行による他人から与えられた尊い物となれば、これを大切にし、少ない量でもがまんしなければならない。

行基の私度僧たちは、天国に行って極楽を味わおうと、一心不乱に布施行を勤めた。

行基の私度僧が布施行で、村々や都を歩き、それが人々の眼にとまるようになると、評判が評判を呼び、飢餓におびえる人々が自発的に家を離れ、行基のもとに慕い寄って来るようになった。

とうとう行基の寺だけでは収容しきれず、近くに空家をさがし、それを難民たちの住まいに充てることにした。

だが、こうして布施行が軌道に乗れば乗るほど、新たな問題を生むことになる。

つぎつぎと増える浮浪人の面倒をみるのは、女人の信者たちである。

清信尼がその長となって、食事の用意や就寝の世話をする。行基の母親、古爾比売も、六十歳を過ぎた身ながら、夜遅くまで信者たちのために尽くそうとした。

「さようなことは、われらがいたしまする。どうか、母君はお休みください」

清信尼がいくらそう頼んでも、

「いいや。あの厳しい修行をしてきた、わが子、行基にくらべれば、われなんぞはまだまだ苦労が足りませぬ。このままではあの世で、阿鼻地獄に堕ちるのは必定。手足の動くあいだは、一つでも善いことをしなければなりませぬ。どうか、われにも手伝わせてくだされ」

と首を振るばかりである。

そして、母親は清信尼に、

「そのかわり、行基の身のまわりの世話は、われにはもうやれませせぬ。どうか、そなたがやってくだされ」

そう依頼した。

日中はほとんど寺にはいない行基だったが、それでも、かならず夜には戻って来る。清信尼は、そんな行基の衣のほころびを縫い、食事を運び寝所を整えた。

ある日、行基に疲れが見えるような気がして、特別に夜食をこしらえてやった。だが、行基は、それをきっぱりと拒絶した。

「わが僧は一日一杯の粥と決めている。われだけがそれに違うことなぞできぬ」

そんな信心堅固の行基の姿勢に、清信尼はいっそう敬愛の念を深めるのだった。

多くの信者、にわか僧侶たちのなかには、俗世間の濁垢に染まったまま抜けきらない者もいる。むしろ、そのような者たちのほうが多いのが現実だった。女性信者、尼たちのあいだでは、清信尼に対する妬みが渦巻くようになった。女の悋気《りんき》嫉妬には凄まじいものがある。

「清信尼はまるで行基さまの女房気取りじゃ」

「行基さまに毎夜、言い寄っているという話ぞ」

「行基さまの御子を生むつもりなのじゃ。それであれほど熱心に世話を焼いておるのよ」

その噂は、当然のことながら清信尼の耳にも入る。けれど、彼女はそのようなことで心を乱すようなことはなかった。

（これも、われを行基さまから引き離そうとする、魔の所業。悪しき魔物が、あの女たちの心をそそのかし、心にもない言葉を口に出させておる）

自分への攻撃は、そのまま行基に対するものである。そう考えると、ここはなにがなんでも堪えなければならない、と清信尼は気持ちを戒めるのだった。

行基の寺へ寄り集まる人の数は、名を覚えられないくらい、たくさんなものになってきた。

そうなると、仏法を教えることも、行基一人だけの手には余るようになる。

このままでは烏合《うごう》の衆になってしまう、と行基は案じた。

一般の信者の教導に手がまわらないくらいなので、布施行を務める上級の僧の養育もままならない状態である。

そんなとき、思いがけない者が行基の門を叩いてきた。法興寺で共に修行したときの弟子の行達《ぎょうたつ》だった。

まるで行基の持つ稀な天運が、行達を導いたようだった。

行達は行基のまえに、

「行基どの、お久しぶりです。愚僧も、どうかご一門にお加えくだされ」

と頭を垂れた。

「行達よ、何故に寺を出たのじゃ？」

行達は真摯な修行僧で、官度僧の道を歩むものとばかり思っていた。行達ほど僧侶としての資質に、恵まれている者はそうはいない。勉強家、努力家で、仏道のためならば自分の生命など、いつでも投げ打つつもりでいる。

「はい。愚僧も、行基どのが山林修行に入られてから、仏に仕える者として、いかなる在り方が正しきものであるか、そのことを、日夜、おのれに問う日々を過ごすようになりました。その結果、維摩経の維摩居士の生き方に辿り着き、寺での修行は意味なきもの、と結論を得たのです」

──維摩居士は維摩経の主人公で、在俗の信者として民衆と共に汚濁の集落に生き、酒場にも出入りし、そうやって布教に努め、それでいて他の菩薩にも負けない仏力を有した。

行達は行基の眼をまっすぐに見て、力強く言う。

「維摩経では、仏界に愛着することなく、魔界を恐れず、汚濁の衆生と共に生きることを是《ぜ》としておる。維摩居士のそのような教えを、愚僧の命とせねばならぬ、と悟り得たのでありまする」

行基もまさに維摩居士のごとく、自ら進んで汚濁の世に生き、衆生の哀しみ、喜びと共にあろうとしている。その行基の在り方に、行達は心から共感したのである。

「うむ。禅宗の教えにも、蒼竜は澄みきった淵にはとぐろを巻かぬ、とあるからな」

「はい。大浪の渦巻く淵にこそ、尊き竜は棲みつくものです」

行達は、そう言って大声で笑う。

こうして、行基は心強い片腕を得たのだった。

第二章　魔霊の國

藤原不比等《ふひと》が右大臣になった。

不比等は、大化の改新で天智天皇（中大兄皇子）と共に活躍した藤原鎌足の次男、天智天皇の落胤ではないか、と噂される人物。天智時代の内大臣、大職冠、藤原鎌足の子であるがゆえに、太政官の重職に就くことができることになっていた。

その不比等の発案で、和銅元年（七〇八年）、新都建設の詔勅が出された。行基、四十一歳の年である。

帝（元明天皇）は、幣帛《へいはく》を伊勢大神宮に奉り、平城京の造営のことを報告させた。人民の受難の時期が到来したのである。賦役令によって、全国より一万を超す役民が続々と集められることになる。五十戸ごとに二人、徴発し、六十日の労役とした。

ただし、役民が新都へ行くとき、そして、そこから故郷へ帰るときの食糧は、自弁とされた。そのために労役の期間を終えても、帰る目途が立たず、東西の市などの人の集まる場所にとどまっている者の姿が多くあった。

過酷な労役に耐えられず、役民の逃亡も相次いだ。むろん、捕まれば厳しい体罰を受けることになる。逃亡一日につき、ムチ打ち三十回。

新都建設で都が騒然としている最中に、行基の母、古爾比売が亡くなった。行基には優しい母であった。悪童だった行基は、懲らしめのため外の小屋に閉じ込められること、しばしばだった。

そんなとき、母の古爾比売は父の眼を盗み、こっそりとにぎり飯を持って訪れ、

「かわいそうに、かような所に入れられて、さぞ辛いことじゃろうのう。お願いだから、もう悪さはしないでおくれ。どうか、この母の頼みを聞いてくだされや」

行基を抱き締め、そう涙ながらに哀願したのだった。

行基が山岳修行を終えると、母は一信者として、老身にムチ打って布教の手助けをしてくれた。その母が病に倒れると、生駒山麓の仙房に移し、行基も起居を共にしてきた。

母の命終《みょうじゅ》の瞬間を見守った行基は、打ち倒されるほどの悲痛な感情に襲われた。

生死を繰り返すのが、人間の定めである。仏教では、仏道のため父母を棄てることは、その恩に報いることでもあるとされている。たとえ、親が飢え死にしたとしても、子が仏道に励めば功徳が生ずるのである。

けれど、母親思いの行基にとって、この哀しみはいかなる大義があろうとも、避けられるものではない。

母親のこの世での苦労が、あの世、霊界で有益に働くようにと、かれはそのことを心から願

うのだった。

村から逃れた農民がつぎつぎと行基の門を叩き、それはまるで救いを求める駆け込み寺のようになった。

その人数が二百人を超えると、行基は布教を村々だけではなく、新都にまで出向いておこなうように命じた。

その都での行基の布教は、センセーショナルなものを呼び起こした。

「われらは菩薩である。今生で迷える者を救うために訪れた」

行基の私度僧は、そう説法をする。

さらに一部の僧などは激烈な行為をして、民衆の度肝を抜くパフォーマンスをするようになった。仏道のために身を棄て去る行為、焚身捨身行《ふんしんしゃしんぎょう》と呼ばれるものである。

行基と共にかれらを教育する行達は案じ、

「あの者たちは過激に走り過ぎまする。その行いを止めねばなりませぬ」

と言う。

「よいではないか。あれはあの者たちなりの、信仰の篤いことを示そうとする行いなのじゃから」

大乗仏教の戒のなかでは、身を焼き、ヒジを焼き指を焼いて、諸仏に供養しなければ出家の菩薩にあらず、とある。これらの苛烈な行為は、成仏を志す修行者として、高い評価が与えられている。

「しかし、われら寺の僧は官度僧ではありませぬ。われらの僧は僧尼令に違反する優婆塞、優婆夷と呼ばれる私度僧。過激な行いは朝廷の寺々の僧たちからの非難を、巻き起こさせることにもなりかねません」

「それは最初から覚悟の上のことじゃ」

「いいや、考えてみてください。われらが僧たちは、まだまことの仏僧にはなっておりませぬ。経典の学びも道半ば、まことの信仰というものについて悟っている者は、ほとんどおらぬのです。いわば兎だけを捕らえていた猟師が、いきなり熊を相手にするがごときもの……」

「確かにそうかも知れぬが、熊に向かっていこうとする勇気、それも讃えるべきものではないか」

「いいや、まだあの者たちの力量では過ぎたるもの。それに、僧として未熟な者が、あのような苛烈な捨身行に出ることは、修行者として歩む仏法の正しき道からも逸脱しておりまする」

「それならば問うが、仏法の正道とは、なんぞや。衆生を救うことこそ仏法の正道であろう。仏法を熟知する僧をつくることだけが、正道ではあるまい」

二人の意見が真っ向から対立したのは、これが最初だった。

行基には行達の考えも分からないわけではない。しかし、行基にはかれなりの別の考えがあったのである。

霊視能力のある行基には特別に感じることがあった。

新都には今までの時代にはないほど、魔霊（悪霊）が密集しているのだ。ある種の人間、またある特殊の場所は、魔霊を引き寄せる特別の力を持っている。

怨念を持ち現世に執着する、霊界へ昇ることのできない悪しき霊たちである。それらの悪霊は、いわば国の政治の被害者でもあった。

こんなにも多数の魔霊がいるのは、毎年の洪水、日照りなど自然災害によることだけが原因ではない。約五十年前に起きた白村江の戦いのせいなのだ。

行基が霊視すると、剣や槍を持った兵士姿の亡霊たちが見え、都のあちこちにうようよいた。

――朝鮮半島の百済国が救済を求めて来たのに呼応して、日本軍は四万二千の将兵を数次に渡って朝鮮に派遣した。百済の白村江という河や新羅の山地で、日本軍は唐・新羅軍と対戦し、ほとんど全滅の状態になった。

この戦は天智天皇が計画したものである。かれは大化の改新を実現し、公地公民制度を実施しようとしたが、国の土地と兵士を所有する豪族たちは、必死になって天智に反抗した。

天智はその勢力を削ぐために、あえて敗戦を覚悟のうえで兵士を戦場に派遣した。

四万二千もの兵士たちの命を、無情、非情にも犠牲にしたのだ。抵抗すらできず、家族と別れていやいやながら戦場に送られ戦死を遂げた兵士たちの無念や憤りは、どれほどのものであっただろう。

無残な戦死を遂げた兵士たちの霊は、物質的な波動を持ち、当然、霊界に昇ることなく幽界の下層にとどまる。その最下層の幽界はこの現世の地上世界に通じているのだ。

これらの下級の魔霊はふわふわした群れとなり、人間の肉体を求めてさまよい、黒色や灰色、緑色や藍色に見えたりするが、霊魂は浄化されると無色になり光って見えるようになる。

白村江で戦死した兵士たちの霊は特にその怨念が深く、当然、その恨みはこの戦争の首謀者である天智に向けられることになるはずなのだが、かれはすでに霊界に入っており、このエリアにはいない。それならば、と魔霊たちがターゲットにしたのは、天智の血を引く藤原不比等であった。かれに憑依したのである。

そればかりか、かれ以外の為政者や官僚にも憑依し、その心をよこしまなものに変えた。

魔霊たちは自分と同じ仲間をもっと増やしたいと考え、その汚濁した霊性からして民の暮らしを豊かにする政事や、民を幸福に導く善い政《まつりごと》をさせないようにしようとする。

かれらがもっとも嫌うのは、民に対して慈愛を施す行為である。かれらにとって「愛の念」こそ唾棄すべきことなのだ。

集団となって行動しているこれらの魔霊を都より追い払うには、千、二千の官度僧が寺に集まり、魔霊払いの読経を実施しても無駄である。その程度の霊力ではまるで効果がない。もっと強烈な方法、もっと霊力のある手段をもってしなければ、かれらを追放することはできないのだ。

これからも洪水、日照りなどの自然災害、国内、国外での戦も頻発するであろう。それに比例して成仏、昇天できない魔霊たちが、どんどん増えていくことは自明の理である。


清信尼も行達と同じように不安に思っていた。

指や腕に火傷を負ってくる僧に驚き、

「行基さま。どうか、あのようなことはやめさせてください。もう大怪我をし、治らない者もおるのです」

と行基に懇願した。

若者ほど過激さを好み、それを面白がってやる者もいるのだ。

清信尼は行基に、

「このままでは、命にも差し障りがある様となりまする。どうか、もうあのようなことはやめよ、とお命じください」

そう幾度も願っても、

「あのままでよい。民衆は喜び、瞳を輝かし、僧たちの所業を見ているではないか」

だが、清信尼は、なにか行く手に不吉なものが待ち構えているような、そんな不安な気持に駆り立てられて仕方がない。

確かに行基の言うとおり、そんな僧たちの過激な行動は、民衆の心をわしづかみにし、トリコにしてしまった。僧が説法する所には、多数の人間が群れ集い、その様子を官寺の僧たちは、眉をひそめ苦々しげに眺めていた。

（このままではなにかが起こりそうな気がする）

その清信尼の心配は的を射たものだったのである。

やがて、この過激な行為が朝廷で物議をかもし、行基の集団に対する弾圧へと向かわせることになるのだが、この時の行基には、そんなことなど想像だにできないことであった。

農村では相も変わらず農民は困窮を極め、飢え死に寸前となり、多くの農民が田畑を捨てて逃亡していた。たまりかねた元明天皇は、霊亀元年（七一五年）に、諸国の朝集使に対し、こう厳命した。

「人民を慈しみ導き、農耕や養蚕に励ませ、飢えや寒さから救うのが、国司、郡司の善政というものである。これに対し、私腹を肥やし、農業を妨げ、万民をむしばむような者は、国家の害虫である。

人々が家、田畑を捨て流散するのは、国司、郡司の教導が足りず、適切な方法がとられなかったがゆえであり、そのときは国司、郡司を処罰し、もし、民が十人以上死亡するようであれば、この役人たちを解任せよ」

そのような天皇の詔勅であったが、国司、郡司には、蚊が刺したほどにも感じられないことであった。朝廷の重臣と現場の官吏たちとは利害が一致し、現状を変えようとする気持などまるでなかった。

貧しさは惨いものである。火事の最中でも眠ることはできるが、貧窮のなかでは眠ることさえできない。このような農民の暮らしこそ、虐政の証《あかし》なのである。

流浪する人民をとらえると、郡司などは本貫地《ほんがんち》に戻そうとせず、こっそり追い使い、私的農奴として寺社、豪族などに売り飛ばしたりする。本来ならば民の味方であるはずの国司、郡司は、よこしまな利益をあげることにばかり没頭しているのが実情なのだった。

農民や役民は食糧が尽き、食べる物がなくなってくると、なんでも口に入れようとする。木の皮、雑草、特に人気があるのは、主婦が尻に敷いたムシロだ。成熟した女人の体臭が染みこんでいるそれは、独特の味わいがあり、食べだしたらやめられない、と農民は言う。

さらに飢餓が進むと、赤土や人肉にまで手を出す。

そんな危機的状態に陥ったときに、行基の信者集団のことを耳にするのである。

「行基菩薩さまの寺院へ行けば、飢え死にしなくてもよい、という話じゃぞ」

「あそこで寺の信者になれば、食べさせてもらえるそうな」

「それは、まことか」

「おう、ただし、なにやら難しげな仏の教えを聞かされて、それと、南無《なむ》、仏、南無、仏と、しきりに唱えなければならぬそうな」

「いったい、それはどれほど唱えねばならぬのじゃ。唱えてばかりいると、腹が減るぞ」

「なあに、唱える振りをしておればよいのじゃ」

仏の名も飯の種と考えるかれらは、こうして三人、四人と連れ立って続々とやって来る。

そんな具合なので、行基の寺はいわば公共の難民収容所のごとくになった。当然のことながら、たちまち施設は満杯になる。

「こうなったら、あとの者は野宿をしてもらうより仕方ありませんな」

どんどん増えつづける信者を持て余し、行達は閉口していた。

「さようなことはさせられぬ。野宿などさせれば、あのようにガリガリに痩せた肉身では、とうてい長くは持つまい」

行基は相手が誰であれ、来る者は拒まず、という方針なのである。

が、果たしてこのまま行けば、いったいどうなることか。今でも信者に対する教導は進まず、布施行に出せる僧の養成にさえ手がまわらないのだ。

「されど、行基どの。もうこれ以上の数は受け入れられませんぞ。このあたりで人数を絞らないと、仏道に励む者の集まりどころか、ただ難民の寄せ集めになってしまう」

「けれどな、行達よ。ここにやって来る者は、われらに救いを求めてやって来るのじゃ。さように願っている者を拒めば、それこそ仏道に反することになってしまうではないか」

「ならば、この民をいかにしたら良いのですか。鼠のごとく日々、増えつづけておりまするぞ」

「……」

「やはり、人数を限り、他の者は追い返しましょうぞ。あとは国司、郡司がなんとかしてくれましょう」

「それはあるまい。国司らが救ってくれるものか。あの官吏たちは、難民はおのれの飯の種、おのれの儲けに利用するばかりで、それができないと、あとはどうにでもなれと放りだすのじゃ」

「されど、このままではわれらは困窮することになります。われらが寝る場所さえ無くなりまするぞ」

「そうじゃな。……ならば、布施屋と新たな寺を造るとするか」

行基はあっさりと言った。

農民だけでなく、新都造営の労働に疲れ果て逃げ出す役民も多くなっている。それらの浮浪人たちも、やがてここに押しかけて来ることだろう。そうなると、かれらを収容する本格的な施設が、必要になってくるに違いないのだ。

布施屋を沢山造る、といとも簡単に言う行基を、行達はあきれ顔で眺めていた。

こうして、難民の宿泊、救済施設である布施屋《ふせや》と寺兼道場の寺院の建設がおこなわれた。寺院には病を癒やす仏、薬師如来を設置し、恩光寺と名づけた。

場所は大和国平群郡、信者たちを動員しての人海戦術である。布施行をおこなう僧侶にもならず、毎日、短時間、ただ説法を聞かされるだけで過ごす信者たちの有効活用でもあった。

「やはり、やる事があるとないとでは、人間は眼つきまで違ってくるものですな」

建物の建築資材はすべて布施によるものである。基礎をこしらえ、木材を運び、刻む作業に汗を流している信者たちを眼にし、行達は眼をみはった。

「ぶらぶら過ごしているだけでは、その辺りにいる猪や熊と、なんら変わりがありませんからな」

清信尼も信者たちの姿に感動し、

「まるで人が変わったみたいに生き生きとして、いつもとはまるで違っております る」

と行基に、そう報告した。

掘建柱の家屋に軒丸瓦を載せた、まったく装飾のない粗末なものだったが、それでも、かなりの人数を収容することができた。

この難民たちに仏法を教え信者とし、その信者のなかから布施行を務める私度僧を、養成していくのである。

行達も行動を起こし、自分の弟弟子である光信《こうしん》と、修行時の知人を頼って、景静《けいせい》という僧侶を教団に参画させることができた。

行基の布教の様子は寺々に知れ渡り、若い僧侶たちのあいだで評判になっていた。

官度僧としての務めに飽き足らず、またその制度に不満を持つかれらは、民衆のなかに飛びこみ、布教をする行基の遣り方に、新鮮な感じを抱き共鳴する者もあった。

光信はがっちりした体格で大男、右頰に大きなホクロがある。行達の弟弟子であれば、行基にとっても同様であるが、光信と会うのは初めてのことだった。

「行基さまが山岳修行に励んでおられることは、知っておりました。一時は、われもと考えたのですが、とても、その勇気が出ませなんだ」

そう言って、に、と笑った。

明朗で活発な性格のようで、行基は気に入った。景静は筋肉質で中背の体格、表情に凜としたものを持つ僧だった。いかにも厳しい仏道に励む修行僧といった風情がある。

「行達どのから行基さまのお話をうかがったとき、これはまさしく維摩居士の生まれ変わりと思いました。人は濁りある世の中でこそ生きるもの。修羅の世にこそ、まことの仏の教えがあるものと思いまする」

らんらんと眼を光らせて語る景静にも、行基は好ましいものを覚えた。

行達が見込んだだけあって、景静、光信のいずれも、優れた僧侶であった。経典に習熟し、官度僧としても充分やっていけるだけの才覚を備えている。

行基を含めた四人の教師で、信者の教導を徹底し、そこから次々と出家させ、私度僧を誕生させた。集団で托鉢をし、その布施行で得た物で、国、朝廷にかわって多くの難民、信者たちを食べさせていくのである。

かれらの生命を守るためには、なにがなんでも布施行で、たくさんの品々を獲得する必要があった。

托鉢の成果を、さらに増進させようと、行基も自己の才能を発揮し、私度僧たちのための援護射撃をすることにした。自分しかできない行動、つまりさまざまな霊異神験の奇跡を人々に見せたのである。

行基は病人がいると知ると、その家を訪れたりする。病を癒すのには、幾種類もの方法を用いた。

まず気による療法、気の術（気功）の駆使である。出息と入息に独自の技術のある呼吸法に通じ、その手法によって心臓病、腎臓病、肝臓病、肺病、脾臓病などを治療した。

別の方法は薬物療法である。真言（マントラ）をこめた薬草による癒しだ。先達からの教えで、行基は薬草についての知識にも習熟していた。

行基はこれらの治療法を主体とし、さらに祈禱の方術も併せて使用し、だいたいの患者は治癒することができた。

旱魃になり、村々で雨乞いがおこなわれていた。

「どうか、行基さまの霊力で雨を呼んでくだされ」

と村人たちがやって来て、三拝九拝した。

「よかろう。後日、雨乞い儀式に参り、秘呪《ひじゅ》をもって神竜を動かし、見事、雨を降らせてみせようぞ」

行基は大見得を切った。

「行基どの、さようなことを申して、降雨が実現せぬときには、いままでの行基どのに対する崇拝の念が、いっきに無くなりまするぞ。慎重になさったほうがよろしいのではありませぬか」

行達はしきりにとめようとする。

朝廷の要請により官寺でも雨乞いの誦経をおこなう。そのときは、大寺で僧都などの高僧をそろえ、大雲輪請雨経《だいうんりんしょううぎょう》を唱えるが、ほとんど成功したことはないのである。

「大丈夫じゃ。案ずるな、われが行くときには、かならずや雨が降る」

行基は自信たっぷりに言った。

そして、ある日、行基は村を訪れ、雨乞いの儀式に参加し、朝から秘呪を唱えた。あまりにも早口なので、誰もがその内容を理解することはできない。

だが、夕方近くになって、突如、大空に黒雲が行き渡り、龍王がわが身を三つに裂いたがごとくの大雨となった。

「おお、奇蹟ぞ。やはり、行基さまの霊力は物凄い。天の龍を動かし、雨を恵んでくだされた」

「まさしく行基さまは、まことの菩薩ぞ。有り難き神仏ぞ」

村人たちは驚喜し、口々に行基を誉め讃えた。

行達までが肝を潰し、

「行基どのの凄まじき法力。この行達、確かに拝見つかまつりました」

と声を高くした。

行基はにやりと笑う。

「誰でもやろうと思えばできることぞ。東の遠山に出る雲の色合いと、風の吹く方向の意味を知ればな。このあんばいだと、数日後に雨がかならず降る、と読むことができるのじゃ」

これも山岳修行で先達から学んだことであった。行基は雨の降りそうな徴候を確認してから、おもむろに雨乞いの儀式に出かけて行ったのである。

村々での、そのような働きの結果、行基はいつか多くの農民から行基菩薩、という名で呼ばれるようになった。

「行基菩薩さまは、特別な神力をお持ちであられる」

という評判まで出てきた。

行基の起こした奇蹟は、集団の托鉢で実績をあげるのに、大いに役立った。布施行に対する評価も、すっかり民衆のあいだに定着し、これを誹謗する者には、こんな噂話が伝えられた。

――布施行を妨害する者が、いかに悲惨な報いを受けるかの話である。

備中の国に猪丸という男がいた。生まれつき不人情な人間で、仏法などまったく信じようとはしなかった。時に一人の僧がやって来て、食べ物の布施を願った。

猪丸は与えないどころか、僧の持っていた鉢まで割って追い返した。そのかれが、ある日、遠い里まで行き、途中で雨に降られてしまった。

仕方なくかれは、よその蔵の軒下で雨宿りをすることにした。すると、突如、そこに雷が落ち蔵が倒れ、猪丸はその下敷きになって死んでしまったという。


私度僧たちは善いことをしなければ、あの世では阿鼻地獄に堕ちる、と罪福因果《ざいふくいんが》の説法を施し、民人より受領する品々の内容は多種に渡った。

米、粟、小豆、大豆、塩、蜜、胡麻、菜、油などの食糧品。

食器、衣服、布、炭、木材などの生活必需品。

布施行は貧しき者のための無尽の蔵へと通じるのだ。

毎日、托鉢をおこなう僧によって、大量の品物が布施屋や寺院に持ちこまれる。これを選別、仕分けし、保管、分配を担当する信者たちの、それぞれのチームが作られた。

布施行に出ない一般の信者たちには、必ずなにかしらの仕事を与えたい、とする行基の方針によるものだった。働くことは、時に仏法を聞くことにも勝るのだ。

行基の私度僧たちは、布施行も捨身行と捉えるようになった。大般涅槃經《だいはつねはんぎょう》には、肉皮を剥いで紙と為し、血を刺して墨と為し、髄をもって水と為し、骨を折って筆と為し経文を写経す、とある。そのような志をもって布施行を成せ、と行基は命じていたのである。

布施行によって難民を養う、それを聞いて、また新たな難民が助けを求めてやって来る。社会福祉団体の性格を帯びる行基の教団の行動範囲は、急速に和泉国から近隣の畿内の国々へと広まっていった。

やがて、行基のこしらえた布施屋と寺の数は、全部で九カ所。山背国の大江、和泉、摂津国の昆陽、垂水、度、河内国の楠葉、石原、和泉国の大鳥、野中などの地に造られていった。

このセンセーショナルな行動が多くのトラブルを生み、やがて行基の教団の首を絞めていくようになるのである。

どんどん増えつづける難民、信者を食べさせるために、さらに多くの私度僧を誕生させ、托鉢の行に精を出させる。その繰りかえしで、しかも急速に膨れあがる教団の規模……さすがに

行基も、

（果たして、このまま突き進んで大丈夫なのであろうか）

という考えが頭をかすめるようになった。

当然、各地にある官寺から抗議、非難の声が、猛然と湧き起こる結果になった。

「邪法を説き、民衆が騙されておる」

「怪しい者が僧を名乗り、三宝（仏、法、僧）を汚しておる」

「まともな寺を造らず、仏法を重んじる信者もおらず、物乞いばかりに精を出しておる」

と小寺、大寺を問わず、高位の官度僧たちまでが、行基の集団を猛烈に非難、攻撃するようになった。

大宝元年（七〇一年）に発布された「大宝令」の僧尼令各条には、こう定めてある。

――僧尼が寺に定住せず、別に道場を建てて人々を集め教化し、みだりに罪福を説いたならば、僧尼の身分を奪い還俗させる。

もし、乞食（托鉢）のために寺を出るときは、寺院管理責任者の三綱《さんこう》（上座、寺主、都維那）が連署して国司、郡司の許可を得なければならない。

捨身と呼ばれる身体を焼いたり傷つけたりする、熱狂的な宗教行為の類を為すことを禁じ、聖道を得たと称して、百姓を妖惑してはならない。

僧尼は家々を訪ね歩き、教化して財物を乞う行為をしてはならない。

行基の私度僧集団は、これらの僧尼令の条文のことごとくに違反しているのである。つまり、朝廷の権威に対し、まっこうから挑戦しているということになる。

行基の行動に官寺が危機感を抱いたのは、それだけ官寺の運営に乱れが生じ、綱紀がゆるんでいたからでもあった。

大小の官寺は粗末な堂を建て、わずかな旗や幟ばかり寄進し、僧尼の住む建物も整備せず、寺内には牛馬が群れているのに、それでいて朝廷には寺田を賜るよう要請していた。

寺院にある仏像はホコリをかぶり、境内は荒れ果て荒れ草が繁茂し、寺は所有する田畑にのみ関心を持ち、もっぱら僧たちの食のためにのみ、その利益を独占し、人民に分け与えようとはしない。

官寺がそんな有り様なので、このままだと民衆は、みな行基のもとへ参集し、その信者になってしまうのではないか、と危惧したのだった。

官寺の多くから糾弾の声が挙がると、さすがに朝廷も黙っているわけにはいかない。これを黙って見逃すと、国が定めた僧尼制度の根幹が崩れてしまう、と案ずるようになった。

さらに行基の運動が、都で働く役民や農村の貧窮民の逃亡を助長している、と恐れた。

この行為を国の律令制度の破壊と判断したのである。

行基、五十歳。

養老元年（七一七年）四月二十三日、朝廷は次のような詔勅を発した。

――いま小僧の行基とその弟子たちは、四方の道路に散って、みだりに罪業と福徳を説き、徒党を組んで悪しきことをおこなっている。指に灯をともして焼いたり、ヒジの皮を剥いで、それに経を写したり、家々を巡りいい加減なことを教え、無理に財などを物乞いし、これを偽り聖道などと称し、人民を惑わしている。

このように僧侶も俗人も乱れ騒ぎ、人民は生業をおろそかにし、国の掟を犯し、釈迦の教えに違反している。

こんなふうになったのは、監督の官が厳しい取り締まりを行わなかったがゆえである。今後はこのような弊害を生むようなことがあってはならぬ。そのことを国司は村里に布告し、つとめてこれを禁止せよ。

魔霊（悪霊）に侵されている藤原不比等が考えた詔勅に違いなかった。愚民を教導するのは、律令政府の役割で、それが国を動かす原理原則なのである。行き場をうしなった浮浪逃亡民が、私度僧に姿を変えることは、それはそのまま朝廷に対し反抗する姿である、と断定したのである。

それに、行基の信者、私度僧の集団が増長すればするほど、課役を免れる人民を生み出し、国の税収に危機が及ぶことにもなる。そのことは、貴族、高級官僚たちにとってみれば、その存在が脅かされることに他ならない。国、朝廷が行基の行動に禁圧を加えようとすることは、当然なことであった。充分に正当な理由があることなのだ。

むろん、行基にとっても、いずれ、自分たちがあるていどの批難を浴びるだろうことは、予想していたことであった。

国の法に違反するのであれば、国司あたりからいずれ注意、警告の通知もあるであろう、と考えていた。が、いきなり禁止命令が出されたことは予想外のことであった。

これは虚空に仕掛けられた罠のごとく、不気味なものに思えた。

行基は思いがけず早い時期に、難題に挑まざるを得ないことになってしまった。官と対立するか、それともそれを回避するか、五十歳になった行基にとって、重大な判断を迫られる時が訪れたのだ。

行基は信者集団を指導する行達、景静、光信、清信尼を集め、話を聞くことにした。

「われが以前から案じていたことが、とうとう現実になってしまった。信者たちに、あれだけ過激な捨身行をやらせれば、官寺のほうも無視はできず、朝廷を動かし、われらが布教活動を禁じようとするのは当然のことです」

と、行達は、き、と唇を結び、行基にこう述べた。

「確かに、これだけの集団で布施行を実施し、さらに、私度僧なのに過激な説法をやり過ぎたように思いまする」

と光信も同調する。

行達はつづける。

「いま、われらが信者の数は数百人、急に人数を増やし過ぎたのが失敗だった。僧や信者の質を高めず、数ばかりを追い求める有り様では、仏道を究めることを本来の目的とする、まことの仏寺になることなぞ、とうてい不可能なことじゃ」

「はい。愚僧も、さように思えまする」

と光信。

景静が口をはさんだ。

「されど、行達どの。確かに仏法を学び、教えることは本道ではありまするが、われらが布教運動の根本には、難民の救済という本願があったのではありませぬか。国に見放されて山野やチマタにさまよう、あの哀れな者たちの生命を救うことこそ、菩薩の尊い行為であるとし、これまで懸命になってきたのではありませぬか」

「じゃが、たとえ、それが尊い行為であっても、こうして朝廷より禁圧を受け、布教を続けられなくなれば、なんにもならないではないか。これまでの努力と活動が、すべて無になってしまうのじゃぞ。これだけの数の信者たちを、いったい、いかにすべきや」

行達の表情はますます激しくなる。

行基は瞑目し、じっと弟子たちの遣り取りに耳を傾けている。

「国を相手に戦うわけにはゆかぬのじゃ。所詮、われらはこの国の内でしか生きられぬではないか。今後は、朝廷の逆鱗に触れぬように信者の数を最低のものとし、托鉢行もやめ、寺にこもり静かに仏典を学び、修行三昧に明け暮れるより仕方があるまい」

「されど、行達どの。それではわれらが初志は、いかになりまするや。私度僧ばかりおって、それで官寺と同じことをして、いったいそれがいかなる意味を持ちまするや。それではこの集団が存する意味なぞ、まるでないではありませぬか。いや、官寺のほうがよほど増しということにもなりまする」

と景静は顔面を朱に染める。

「いや、官寺とは異なる遣り方もあろう。それはこれから考えればよいことじゃ。いま緊急に必要なことは、朝廷の禁止令に対する対策ぞ。それをまず考えねば、われらが集団は抹殺されてしまうではないか。そうであろう？」

行達は、ふうっと息をつき、いままで発言しようとしない清信尼に問いかけた。

「そなたは、いかにすべき、と思うか」

清信尼は行達をまっすぐに見詰め、澄んだ瞳で、

「われは、なにもわかりませぬ。ただこれからも、行基さまのお導きを信じ、ひたすらついて行くだけでありまする」

と、そうきっぱりと告げた。

第三章　国家権力

行基の新たな宗教活動を淫祀邪教とみなし、突如、出された朝廷からの禁止令をまえに、行達たちは動揺した。

「僧侶たちを寺に入れ布施行を中止し、朝廷の意向に沿うように形を整えるべきです。信者の数も絞り、いまの半分以下にいたしましょうぞ。さすれば、朝廷もこれ以上の厳しきことを申さず、黙認してくれるはず」

行達は、そう主張する。

けれど、行基はその意見に同意することができずにいた。

官との対立を恐れていたら何もできない。国の政事にこそ誤りがあるのだ。民のための政事をおこなっていれば、これほどの多くの難民が発生することはないはずなのである。

官吏の権限は法を正しく執行するのに必要なものだけとし、その報酬は仕事を真面目に勤める者にだけ与える、とすべきなのである。それなのに、いまの国司、郡司などは、それ以上の権限と富を得ているのが実情だった。

実際、官吏の不正には目に余るものがある。諸国の国司は農民から徴収した税の稲を、満足に国に納めず隠匿し、おのれの利益としていた。朝廷もついに無法状態を見かね、それを取り締まる必要性を認めた。

だが、官吏たちは巧妙である。監視の網をくぐり抜けることなど、わけもないことであり、いっこうに状況が改善されることはない。

（これらの難民たちを、われらが救わずして、いったい誰が救うというのか。われがやらねばならぬのじゃ！）

行基にとって、それが天から自分に与えられた使命である、と思えるのである。

維摩経の維摩居士は、こう説いている。

「衆生が病むときは、われもまた病む。衆生が利するところあれば、歓喜して悔いることなし」

菩薩の所業の功徳は、衆生と常に共にあることなのである。

行基は思案を重ね、そして、結論を得た。

（朝廷はなにを恐れるのか……それは民衆の力の爆発に違いない）

民のことを民草と蔑視する貴族、官僚たちであるが、その本心は民衆の力を恐れている。

（今回、禁止令を出したのは、わが教団が国の法令に違反するということより、驚くべく勢いで拡大を続けるその勢いに、脅威を感じたせいなのではあるまいか。朝廷を脅かす危険な存在となりつつある、と考えたせいなのではあるまいか）

その確信は深まるばかりだった。

（ならば、この民衆の力を背にすれば、国と争い、対抗することもできるのでは……）

行基は行達に告げた。

「行達よ、われはそなたの意見には賛同できない。民の力を信じ民の力を頼りに、このまま進むことにする」

行基は、信者数を減らすどころか、さらに増やすよう指示を与えた。多数の民衆の力こそ、おのれの教団を護り得るものと考えたのである。

無名の民の持つ仏性は、時に鬼神の姿ともなる。時節、因縁が到来したとき、かれらの持つ万有の仏性が示現し、何ものにも優る霊力が発揮されるに違いないのだ。

「行基どの、そのような方針は間違っておりまするぞ。大きな災いを招くようなことはおやめくだされッ」

行達は必死になって、行基の行動をとめようとする。

「そなたは偉大な民の仏性の霊力というものを、信じられないと申すのか。この国を動かすのは、政事を司る貴族どもではない。常日頃、物を言わぬ貧しい民衆こそ、そうなのじゃ」

行基は懸命に説いたが、しかし、その言葉は行達の心には届かないようだった。

かれは絶望した表情で行基を眺め、深く嘆息するだけだった。どんどん増加する信者を収容するためには、さらに幾つもの寺院（寺兼道場）を造らなければならない。

大和国、添下郡の隆福院。

河内国、河内郡の石凝院。

平城京、右京三条の菅原寺。

和泉国、大鳥郡の清浄土院、同尼院。

いっきょに四カ所の寺院を建設するには、信者たちを総動員し、それに当たらなければならなかった。


行基は現場を飛びまわり、自ら指揮をする。

一日一食だけなのに、信者たちは早朝から夜まで、必死になって働いてくれていた。行基はそんな男女の一人一人に声をかけ、励ます。

「おお、有り難や、頑張ってくれるのう。さほどまでに働いて、さぞ、辛いことであろうな」

「なんの、われらは行基さまに救われねば、とうに飢え死にしておったはず。この命、とうに行基さまに捧げておりまする」

「そうじゃ、そうともよ。われらは一度は死んだも同然。行基さまのために働くことができるならば、われらが命も無駄にはならぬというものぞ」

行基は、うん、うん、とうなずき、

「そなたらの苦労は、仏も讃えてくれるであろうぞ」

と肩を叩いた。

「それはまことでありまするや。ならば、いっそう精を出して励まねばならぬの」

毎日、嬉々として働いてくれる男女の信者たちに、行基は思わず合掌したくなるほどだった。


行基が和泉国の現場から恩光寺の自室に戻ったとき、行達が思い詰めた顔つきをし、かれのもとを訪れた。行基の方針に同意できない行達は、行基の生家、家原寺にこもり、経典を読み暮らし、私度僧たちのあいだでも孤立しているふうがあった。

行達は行基に一礼をし、低い声で言った。

「このままでは朝廷から、さらにひどい弾圧を受けるのは必定。われは、もうとても行基どのについてはゆけませぬ。申し訳ないが、おそばから去らしていただきまする」

「行達よ、なにを申すやッ」

行基がこの教団を順調に運営できるのは、多少のコミュニケーションの齟齬はあるものの、行達と二人での絶妙な働きがあったが故のことなのだ。

行達がいなくなるということは、自分の右腕をなくすということに、他ならないことだった。

「時に、そなたとわれとは、考えが違うこともあろう。じゃが、それだからといって、なにもそう極端な結論を、出さずとも良いではないか。これからも、まだまだそなたには、やってもらわねばならぬことがあるのじゃ」

絶対に行達を去らせてはならない、という強い思いに駆られ、行基は懸命に説得しようとする。

「いや。われは悟りました。われと行基どのとの歩む仏道は、それぞれに異なるもの。このままここにおっても、ますますわれらは、互いに遠ざかるだけ。このあたりでお別れするのが、お互いを傷つけず、これまでの功業を尊ぶことになる、とそう思い定めたのです」

「いや、そんなことはない。のう、行達よ、思い直してくれぬか。いましばし思案して欲しい、そなたのおらぬこの教団なぞ、とても考えられぬじゃ」

いつも泰然とし、何事にも動じない行基が、まるで子供が親に哀願するような物言いになっていた。別人のような行基である。

行基の必死の懇願にもかかわらず、結局、行達は行基のもとを離れ、薬師寺へと去って行った。衝撃を受けた行基は心が乱れ、どうにも自分を制することができず、自室に閉じこもりがちになった。

すっかり活動の鈍った、そんな行基を促したのは清信尼である。

「行基さま、寺の庭の桜が、それはもう見事に咲いておりまする。ぜひ、ご覧ください」

と、なんとか行基の気を引いて、外にひっぱり出そうとする。

ついに行基も根負けし、清信尼と一緒に庭に出た。

満開の桜である。風が梢を揺らし、時折、はらはらと花びらが舞い落ちる。

「のう、清信尼。人を信ずることは難しいものよ。信じれば信じるほど、裏切られたときの傷は大きい。しかし、それを恐れて信じることをやめれば、何事も成すことはできぬし」

行基にしては珍しく弱音である。それほど行達に去られたことが、胸にこたえているのだろう。

行基と肩を並べる清信尼は、かれの顔をちらっと眺め、

「桜花は儚い命であります。咲いたと思ったら、すぐに散り始めまする」

そうぽつんと言った。

そんな言葉で行基を激励しているのだ。

清信尼は、しみじみした口調でつぶやく。

「われは思うのです。この桜花のように、命が短いゆえに無心に咲き、無心に散ってゆくことができれば、どれほど幸せなことか、と」

「……」

清信尼の言葉は行基の胸を突いた。

同時に、かつて師の道昭に、こう忠告されたことを、かれは思い出した。

「そなたには悩み事が多いようじゃな。そんな魔に苦しめられるときは、いったん魔に魂を明け渡し、そこに仏の光を満ち溢れさせ、魔を追いだすことじゃ」

教団を指導する最高の地位にあるのは、行基と行達。その内の一人、行基の片腕ともなる行達が離反した。そのことは朝廷側の一つの勝利のごとくに吹聴されたのだった。行基がいくら強硬であっても、朝廷の出した禁止令には逆らえぬ、と官寺の高僧たちは、これは自分たちの勝利だと肩を叩きあった。

だが、行基は立ち直り、ふたたび活動を始めた。

行達は去って行ったが、景静と光信の二人は行達とは行動を共にしようとはしなかった。

「行達はいなくなってしまったが、そなたたちは、どうするつもりか」

行基がそう問うと、

「官寺に行っても行基さまのような人に、出会うことは叶いませぬ。誰にもできぬ、誰にもやれぬ遣り方で仏道を究めようとなさっておられる行基さまに、われはついて参りまする」

と景静。

「われもここに残ります。景静の申すとおり、官寺に入っての修行なぞ、ここのものとくらべれば、湯につかっているごときもの。そのような様では仏僧として、いささかの精進、向上も望めませぬ。衆生と共に励むことにこそ、菩薩への道があると思うのです」

と光信。

「そうか。そなたらは、これからもわれを助けてくれると申すのか」

行基は二人の手を握った。

行基は、

「信者を増やすべく積極的に勧誘せよ」

そうかれらに指示をし、

「都の役民や村の農民で苦しみあえぐ、飢え死にしそうになっている人々を救うのじゃ。男女、老人、子供、なんびとであれ、説法を施し、われらが教団に入信させよ」

と命じた。

当然のことながら、官寺の僧侶たちから、ふたたび非難の声が轟々と湧き起こった。

行基に対する攻撃の急先鋒は、南都、元興寺の智光という高僧だった。かれは親の仇に対したかのように、猛然と非難を繰りかえした。

智光は行基にくらべ、遥かに年下である。そんな智光が思い切った行動がとれるのは、背後に朝廷の最高権力者、右大臣、藤原不比等がいるゆえである。不比等はすっかり魔霊の手先となり、人民に苛烈な施政を押しつけている。

智光は不比等の意向を拝し、行基の教団を壊滅させよう、と熱心になっていた。

智光は、「般若心経述義」、「法華玄論略述」などの多くの著作があり、智慧第一と称される学僧でもある。

行基の信仰する三階教は、仏法の異端であると罵倒していた。

「三階教では、一仏、一経のみを信じ、他を顧みざるは邪教である、と説く。じゃが、さような教えは仏を誹謗し、仏法をないがしろにすることでもあるッ」

三階教の存在は浄土教を尊重する智光にとって、とうてい我慢ならないものなのだ。

官寺の僧を代表する智光は、都の東市で民衆をまえに説法を始めた。かれの後ろには十人ほどの僧侶が居並び、邪魔が入らぬよう、朝廷の兵士が警護に当たっていた。

智光は群集に向かって、こう説き聞かせた。

「行基は沙弥、小僧であり、まことの仏僧にはあらず。魔衆のごとき私度僧の申すことなぞ信じては、それこそ仏罰を受けようぞ」

「仏を念じ、阿弥陀如来に帰依し奉ると唱えれば、それでもう地獄に堕ちることはなし」

智光は行基の呪縛から無知な民を解き放そう、と都だけでなく村にまで出かけて行く。

その説法を聞く民衆は、自発的に集まる者ばかりではない。官吏たちの命令によって、多数の農民が動員されていた。いわば官制の集会であった。

外見は行基たちのものより盛会である。が、それはそのときだけのことで、智光の信者が熱心であるという話は、あまり聞こえてはこなかった。

相手の悪い部分だけを言い立てる、そんな猿の尻笑いめいた遣り方に、民衆の心が惹かれることはないのだ。

それに対し、行基の信者のほうは、急速に増加を続けていた。

とにかく暮らしに困り飢えた者は、まず行基に助けを求め、その布施屋や寺院に駆け込むのである。とうとう数、千人を超えるまでになった。

行基の教団は、海は水を拒まぬことから大海を成し、山は土を拒まぬことから高山を成す。どんな人間でも拒まぬことから大衆の盟主と成り得るのだ。

こうして増えつづける信者を収容するのに、行基は最終的に、布施屋九所、寺兼道場の四十九院を、畿内の各地に建設していくことになった。


年が改まった初春、突然、智光から景静に伝言があった。

景静は一時、智光と修行を共にしたことがあり、知己の間柄でもあった。

「行基さまに、元興寺にお出で願えぬか、と智光が申しております」

「何故に?」

不審そうに行基が尋ねる。

「智光は賢い人間です。きっとわれらとの戦いを終わらせたい、そう思ったのでありましょう」

景静の唇には笑みがある。

「そうかな。あの者だけの判断とは思えぬがな。智光の背後には、朝廷の大物がついているというではないか」

「それも、そうですな。何故に会うことになるのか、われのほうから、一度、智光に問い質してみまする」

景静は行基を打倒しようとする智光の行動に眉をひそめてはいるものの、昔の智光のことを知っているので、根から嫌っているわけではない。

「うむ。頼む」

景静は智光のいる元興寺に足を運び、事情を調べてきた。

案の定、景静の顔を見ると、智光は行基に対する悪口を述べ立て、

「景静、そなたも行達どののごとく、行基のもとから去るべきぞ。そなたは官度僧としての資格もあり、望めばこれから高い位を得ることもできるではないか」

としきりにこう口説いたという。

そして、景静はなにやら考える仕草をし、意外なことを告げた。

「実は智光がお会いしたいのではなく、朝廷の重臣、藤原房前どのが、行基さまとお話をしたい、とのことのようです」

「ほう、藤原房前が」

房前は、右大臣、藤原不比等の次男で、政事の実務を取り仕切る参議の要職にある。

「ならば、会うことにいたそう」

敵側との会合は願ってもないことだ。行基の胸は誰に対しても、いつでもオープンなのだ。

元興寺は南都七寺の一つ、由緒ある古寺である。南大門、中門、弥勒菩薩を本尊とする金堂、講堂、鐘堂、食堂が、南北に一直線にならび、東に五重の塔を置く大寺だった。

行基と景静、智光と藤原房前。両者は金堂のなかに座し、相対した。

智光はいかにも学僧らしい風貌で、ぴりぴりした雰囲気がある。房前のほうは、その物腰に生来の品の良さがほの見えて、骨柄の優れた人間である。

どうやら房前には、父親の不比等に憑く魔霊の霊力は及んではいないようだった。かれの身体から発するオーラに濁りがない。

「行基どのか、初めてお目にかかる」

と房前から先に口を切った。意外とていねいな物言いである。小さな笑みまで浮かべている。

そんな房前に、行基は目礼でかえした。

「ところで行基どの。そなたらがやっておられることは、国の掟に違反するものであるが、そのことは承知でありましょうな」

態度は変えぬが、房前の口調は鋭い。

「国の掟と申されるが、掟にもいろいろとあり、なかには悪しきものもありまする」

行基はきっぱりと告げた。

「なにを申されるか。国の掟が正しくなくて、なにをもって正しき掟と申すつもりぞ」

智光が甲高い声を発した。

眉を吊り上げ、ぐ、と行基を睨んでいる。憎悪に凝り固まっているふうが見てとれる。かれをつつむ霊気（スフィア）には、明らかに黒い煙が立ち昇るような魔霊の邪気が混じっている。

「掟たるものの善し悪しは、国の民人にとって、それが幸あるものであるか否か、ということ。民を益せぬ掟なぞ、世にあってはならぬもの。金光明経にもある、菩薩は王法より衆生救済を尊ぶものである、とな」

「ふんッ。行基どの、そなたには掟のことを、あれこれ申す資格なぞなかろう。ろくに修行もせぬ、私度僧を勝手に作り、怪しい説法を施し、民をだましておるではないか。そなたは、果たして仏に仕える者か、まことの仏僧ならば経典を学び、誦経に専念し、その功徳をもって仏果を国家に与えようとするものであろうが」

　智光は頭から押しつける調子になった。

「はて、われにはそなたの申すことこそ、異なことと思うがの。正しき仏の道を歩む者は、なによりも民の済度、救済を本願とすべきもの。寺にこもり誦経三昧で、貴族、豪族、官僚たちに奉仕するだけで、それでいかに民が救われるや」

　瞬間、智光の表情に怒気が走った。

「ならば、問うッ。乞食行をおこなうことが、仏道に励むことになると思うや。この智光には、とうていそうとは思えぬ。あのような卑しい物乞いばかりを為すは、仏の教えを汚濁にまみれさすことに他ならぬ」

「そうかな。飢えに苦しみ、山野に倒れゆく者を救うには、いまはそれしかないではないか。智光どの、ならば、そなたに問うが、仏法、誦経のみで、いかに民の腹を満たすことができると思うや」

「行基どの、口を慎まれよ。そのようなことを申すは、仏を誹謗することぞッ」

「おう、われはな、本願成就のためには、いかなる行、労を惜しむものではない。仏性を持つ民の命を救う、それを妨げようとする者こそ魔ぞ。そのようなものに対しては、祖師であれ羅漢であれ、いや、たとえ相手が仏であったとしても、われは容赦はせぬ」

智光が顔面を朱に染めた。

「なんたる言いぐさぞ。それが仏道を志す、仏の弟子の申すことであろうや！　それは五逆罪に当たることぞ……」

五逆罪とは、父、母を殺す、阿羅漢を殺す、仏身より血を出す、官の僧団を破壊する、この五つの罪である。


二人の遣り取りを黙って聞いていた房前が、まあ待て、と智光を制し、口をはさむ。

「行基どのは、いまの政事には誤りがある。そう申されておられるのか」

「さよう。民に幸ある世となってはおらぬ。田畑を懸命に耕しながらも飢え、さらに都造営の苦役に呻吟し、数多の難民が世に流浪する有り様を、なんと心得なさるか。これが政事の誤りでなく、なんのせいになさるおつもりか」

　そして、行基は口調を変えて、つづけた。

「この都によどむ怪しい霊気を感じられませぬか。これは悪しき政事の犠牲者たちが無数の魔霊となり、その悪霊、邪霊たちがつぎつぎと為政者や官僚に取り憑き、その心をよこしまなものにしておるのですぞ」

「ふむ」

　房前は思い当たるような表情をみせる。

「魔霊に侵された心を持つせいで、民に苛烈な政事をおこなっても、少しも良心がとがめることもない。政事に携わる者はことごとく、魂を清め、志を高め、魔霊の悪しきワナから逃れるすべを心がけねばならぬのですぞ」

「ふむ。確かにな」

　意外なことに、房前は腑に落ちたという顔になった。

　房前の頭のなかには、先日、急遽、出された勅令のことがあるのだろう。

　太政官は行政の壊乱を嘆き、天皇に奏上した。

「いま、国や郡の官人が庶民を侵しかすめ、朝廷の定めた法規を乱しておりまする。これを糾弾し、悪だくみを粛正するために、按察使を設けました。この按察使が充分、活躍できるよう正五位の官に准じ、多くの俸禄と公田を与えるべきです」

これに対し、天皇はこう詔したのである。

「まこと、国司、郡司の不正は目に余る。朕の手足であり、人民の父母であるのは、按察使だけである。その任務が重要で激務であることは、他の群臣とは異なっておる。按察使の俸禄は、いまの二倍とせよ」

このような行政の現状を、朝廷の重臣である房前が認識していないわけはなかった。

房前は微笑を唇に溜めて言う。

「確かに、いまの世は魔霊に支配されているような景色がある。されど、政事の誤りは政事で正すべきもの。行基どのがやることで、民のすべてが救えるものでもあるまい」

「むろん、すべての民を救うことなぞできぬこと。されど、政事の誤りで飢えて死に至る者を、一人でも多く救うこと、それをわれらの使命と心得ておるのです」

「しかしな、民草というものは、目を離すととかくお上《かみ》の定めた法を無視し、勝手にふるまうもの。そなたが為していることは、民草に法を護らずともよし、と教えているようなもの」

と房前は言い、それから急に鋭い眼になって、

「そうやって数多の民を集め、これからなにを成すつもりぞ。考えてみれば、あの者たちに武器を持たせ、兵士とすることもできようではないか」

房前は、行基たちの集団が信仰のためにあるのではなく、いずれ武装集団となり謀反を起こ

すに違いない、と危惧しているのだ。

「藤原房前どの、われはそのような考えなぞ微塵も持たぬ。飢えて苦しむ民の姿に堪えられぬだけなのじゃ。仏に仕える者として、なんとしても、苦しみ悩む衆生、その命を生かしてやらねばならぬ、と思うだけなのです」

「それならば、そなたが官度僧になり、僧都、僧正となれば、同じことができるではないか。その立場になって物申せば、政事に携わる者も耳を傾けねばならぬ」

「いや、いまの朝廷人は、おのれの利を求めることに熱中し、民のことなぞ、まるで顧みようとせぬ者ばかり。そんな者たちに、官度僧がどれほど民の辛苦を唱えたとしても、無駄なこと。馬の耳に向かって言っているのと、同じこと」

「はて、さて、行基どのにかかっては、朝廷は悪しき者の巣窟のごときものか」

房前は大声をあげて笑った。

「じゃが、のう、行基どの。だからといって、いつまでも朝廷に楯突いているわけにはゆくまい。朝廷には朝廷の矜持《きょうじ》というものがある。確かに、そなたがやっていることは、難民にとって救いとなることやもしれぬが、朝廷の立場というものも、ぜひ理解してもらいたいものじゃ」

房前は、今度は下手に出た。

「それに、そなたのような天賦の才ある僧侶が、何故に、そのように野におらねばならぬのか。

国に尽くすことのほうが、よほどそなたのためになると思えるのじゃが。……そなたが為していることは、チマタや村を徘徊し民草のなかに入り込み、まるで泥地のなかをさ迷い歩いているようなものではないか。

肉身を汚し衣も破れ、さような惨めな日々を過ごし、それでいったい、なんの利益があると申すのか」

「いや、房前どの。高原陸地のような場所には、決して蓮華の花が生じることはありませぬ。糞壌の地にこそ種はよく育つもの。

ろくに人もおらぬような清浄な地で、どれほど高邁な書を詠み、論を戦わしたとしても、そのような遣り方では、この人の世に見事な花を咲かせることなぞできぬもの。政事であろうと、同じことではありませぬか」

それを聞いて、房前はしばし黙していたが、語調をあらためて、

「どうか、行基どの、いま一度、よく思案してくだされ。朝廷も善し、そなたらも善し、という手立てが、どこかにあるのではあるまいか。どうか、それを見出してくださらぬか。お願い申す」

と告げた。

房前とは違って、智光のほうはまだ行基を睨みつけていた。

元興寺を出た行基は、景静と語りあった。

「景静よ、そなたはどのように思うや」

「はい。思った以上に房前どのは、好意的な感じでありましたな。もっと強硬に出てくるものとばかり思っておりましたが」

「そうじゃな、意外なことじゃ」

「はい。あるいは、われらがやっておることが、国にとっても有益な部分もある、と認めておるのやもしれませぬ」

「うむ」

「なにせ、国司、郡司のほとんどは魔霊に憑かれて、私腹を肥やすことに専心するばかり。それこそ民にとって、あの者たちは盗賊となんら変わりはありませぬ。あれでは国の威信にも響こうというもの。朝廷の重臣たちにとっても、そのことが国の危機を招くことであることは、充分、承知しておるはずなのです」

「うむ。房前どのの口調は、それを示しておるものであったな。いまの政事の誤りを認め、それをいかに正すべきか、そのことに悩み苦しんでいることは間違いない」

「はい。われらが遣り方についても、頭から否定しようとする考えは、ないように思えます。われらとの共通のものを探し求めているような、さような感じもいたしまする」

「そうであればよいがな。われらにとっても、朝廷と対立するばかりが得というわけではない。

いずれ、両者がうまく成り立つことを考えねばならぬな」

それにはまずあの房前が、こちらの味方、援護者になってもらうことが、最も望ましいことである。が、いまのところ、そのようなことを考える手立ては見つからない。

行基の所業が仏の冥加《みようが》を得たのか……数カ月後、思いがけず房前が胸を悩ませているという情報を入手した。

かれの妻が長いあいだ、病床に臥しているというのである。

「行基どの、行基どのの霊力をもって、房前どのの奥方の病を癒してやってくだされ」

これは絶好の機会になるとばかり、行基が承諾をしないうちに、景静は智光を通じて房前の意向を聞いてきた。

「房前どのは、大いに喜ばれましてな。ぜひ、行基さまに奥方の病を診ていただきたい、とのことです」

景静は満面に笑みを浮かべている。行基の持つ霊力に、少しも疑いをもたないかれは、もう既に房前の妻の病が癒えたように考えているのだ。

「よし、ならば房前どのの館に出向くとするか」

行基は貴族の館に入るのは、初めてのことであった。

貴族の有する屋敷の土地は、それぞれ国から貸与されることになっている。位階、三位以上の者には四町、四位、五位の者には一町という規模である。藤原氏を代表する貴族の房前の屋敷は、その基準を遥かに凌ぎ、広大なものだった。

行基は屋敷の家人の長に、丁重に迎えられた。期待が大きいのである。これまで幾人もの薬師に頼ったのであろうが、病人の症状はいっこうに好転する様子はないのだ。

奥の一室に、衰弱した房前の妻が床に臥していた。

「どれ、診てしんぜよう」

行基が妻の腕をつかむと、彼女は弱々しい眼を向けてきた。

その瞳は焦点が定まらず、なにかおどおどしたふうである。

行基にはひと目で、この女も魔霊に取り憑かれている、と見て取れた。


白村江で戦死し集団で魔霊となった兵士たちは、ハゲタカのように虎視眈々と獲物をねらっている。自分が御しやすいと考えた人間に憑依し、本人の霊の意志をマヒさせ、神仏への信心をうしなわせ、その人間に接触して来る者に影響を行使しようとするのだ。

房前の場合は、かれの霊格が高いので、魔霊は自分の手には負えないと考え、それでかれの最も弱い部分、妻女に憑依したのだ。将を射んとすれば、まず馬を射よの譬えである。

憑依の症状は疲労が濃く肩や頭が重苦しく、生気のない虚ろな目になり、完全なうつ症状となる。房前の妻も完全にこの症状が出ていた。頭部や体幹に数十もの魔霊が憑いている場合もある。

それに魔霊・悪霊は、善悪の区別ができないばかりか、悪なるものが存在することさえ知らない。それゆえ、憑依すると平気で凶悪のことさえできるのだ。


「われが参ったからには案ずることはない。かならず癒してみせる」

そうきっぱり言うと、案内してきた家人の長は、

「行基さま、どうか、奥方さまをお助けくだされ」

と涙声で訴えた。

「安堵せよ。われに任せよ」

行基は房前の妻の傍らに寄る。古池のよどんだ水か死臭のようなものがただよっている。

行基の悪霊祓いの方法は、

「臨、兵、闘、者、階……」

とまず呪言の九字を唱え、指で刀印を結んで切る。

それから、手のひらを病人にかざす。

魔霊が恐れるのは、行基のもつ本霊からの真光を受けることなのだ。行基は、房前の妻に憑く魔霊に向かって、おのれの強烈な霊光を手のひらを通し浴びせつづける。

行基の霊の光の霊波は病人の神経を通じて、それぞれの細胞に関与し、それを活性化し、そのエネルギーは身体各所に正常な作用をもたらすのだ。

「魔霊よ、名を名乗れ、名を名乗って女の肉身から失せよ！　ささ、出るがよい、出て失せよ！」

と行基はおのれの本霊を顕示させ、取り憑いている魔霊に鋭く迫る。

心霊治療の真の目的は、病人の霊的自我を目覚めさせ、復活させることである。病人の霊的自我を取り戻せないと、肉体的治療は成功しても、霊的には失敗ということになる。

十日後、妻は見違えるほどに恢復《かいふく》した。

房前は、その現実に眼を見張り、

「もう妻の寿命も尽きるかも知れぬ。妻が浄土に行けるべく、寺の僧に誦経を頼もうか、とまで思っておった」

と行基の霊力の凄さに舌を巻いた。

家人の長には、行基のそれが幻惑の呪術のごとくに思えたのだろう。

「おお、噂どおりぞ。まさに、行基さまは菩薩でありまするな」

と行基に、二度、三度と叩頭した。


行基、五十三歳。

太政大臣の藤原不比等が、突然、薨去《こうきょ》した。不比等の晩年はまるで魔霊そのものと化し、行基の行く手に立ちはだかる最大の敵だった。

不比等はついに魔霊たちの餌食になったのである。魔霊集団は、白村江の戦いに自分たちを送りこみ全滅させた、天智天皇に対する積年の恨みを晴らすため、その子の不比等をついに憑り殺したのである。

かれらが歓喜するその霊声は行基の耳にまで達した。

当然、命を終えた不比等も魔霊と化し、魔霊たちの新たなリーダーとなり、つぎの政権を握る者に強い影響を与えようとするに違いない。

政権の交代は、政事が大きく変動することでもある。

「これは大変なことになった。われらのことを理解してくれそうな、あの房前どのは、いまの地位にとどまることができるでしょうか」

景静はうろたえて言った。

房前は父の不比等の威光があってこそ、参議として腕をふるうことができた。

景静と光信は、

「だれが政権の首座になるかじゃ。それによって、われらに対する朝廷の出方も違ってこようぞ」

「そうじゃな、果たして、だれが政権を握ることになるか」

二人の心配は、その一点に絞られていた。

やがて、右大臣の座に就くのは、長屋王《ながやおう》であるという発表があった。

長屋王の父親は、天武天皇の子の高市皇子、母親は天智天皇の娘の御名部皇女。皇族派の代表格で、房前の藤原一族にとっては、最も難敵となる皇族だった。

「長屋王が政権の首座となられた。これで、藤原氏の唯一の参議である房前どのにとっては、難儀なことになろうぞ」

「皇族派が盛り返し、これから藤原一族は没落していくことになろう」

朝廷の官吏たちが口にする、そんな噂が世の中にひろまっていた。

行基たちにとっても、長屋王がこれからどう出て来るか、まったく判断できないことであった。

「長屋王は、反藤原氏の首魁《しゅかい》であるそうな。ならば、われらに対しては厳しいことはあるまい。なにせ、先の禁止令を出したのは、藤原不比等なのじゃからな。藤原氏が善しとした策には賛同することはあるまい」

「うむ。長屋王は藤原不比等を天敵と考えておった、というからな」

景静と光信はそう期待をしていたが、行基はかれらとは異なり、そんなふうにはならないだろう、と一抹の危惧を抱いていた。

果たして、行基の案じたとおり、長屋王は藤原不比等と同様に民に苛烈な政策を執りだした。やはり、魔霊たちは、今度は政権のトップの座にある長屋王に、その魔手を伸ばしたのである。

魔霊たちの勢力は、藤原不比等を仲間に加えて、ますます強烈なものになっているのだ。

行基は天を仰ぎ、長い溜息をついた。

(この都から魔霊を追い払い、時代の政権を支配させないようにしなければ、民が幸せになる政事など永遠におこなわれないに違いない)

第四章　弾圧

突如、朝廷より二度目の布教禁止令が出された。愚民を導くために定めた養老律令の僧尼令を、遵守させようとする詔だった。

「みだりに罪福を説き、百姓を惑わし、寺院外での行動、焚身捨身《ふんしんしゃしん》の布教を禁止。乞食、布施行で財物を過多に得たときは重罪を与える」

まさに、行基の教団を狙い撃ちにした内容であった。現状を変えないならば行基と弟子たちを還俗《げんぞく》させ、律により実刑を課すという脅しである。

そして、朝廷は本腰になって取り締まりを実施してきた。

行基の宗教集団を抹殺しようと、和泉国の国司が国府の兵士を動員し、行基の私度僧をかたっぱしから捕縛し、投獄し始めた。

「布施行でまわってくる者を待ち構えて、むりやり国府の獄舎に入れておりまする」

光信と景静が青い顔をし、恩光寺の自室にいる行基のもとへ駈けこんで来た。

「どうしたら、あの者たちを助けだすことができるか。獄舎のまわりには数多の兵士が警護し、救いだすことは容易ではありませせぬ」

二人は頭を抱えていた。

「行基さま、こうなったら数百人の人数で、国司の館に押しかけ、囚人となっている僧たちを解き放て、と要求するのが、最良の策ではないでしょうか」

景静は、そう訴える。

「しかし、それでは完全にわれらは謀叛とみなされ、今度は朝廷の軍兵がやって来ることになろう」

「そうじゃ、景静。われらは朝廷に敵対する謀叛人となり、そうなると、今度は和泉国ばかりか、他の国で布施にまわっている僧たちまでが、捕らわれてしまうことになるぞ」

と光信。

行基は心を固め、

「われが国府に参り、僧たちの赦免を願い出ることにいたす」

と二人に言った。

「なりません。それこそ役人どもの策略に陥ることになります。行基さまも捕らわれてしまいまするぞ」

「そうなったら、そうなったでかまわぬ。なんとしてでも、あの者たちを救いだしてやらねばならぬ」

「ならば、われらもお伴させてください」

景静の表情には必死なものがある。

「よかろう。国司に会い、われらの志を話し、われらが朝廷に逆らう者ではないことを訴え、かならずや僧たちを赦してもらうことにいたそう」

行基は瞳を潤ませて言った。


三人はさっそく国府に赴き、国司に面会を求めた。

だが、国司は応対してくれず、かわりに掾官《じょうかん》（次官）と名乗る年寄りが顔を見せた。大儀そうに歩いて来て、行基たちのまえにぴょこんと座った。ずいぶんと貧相な男で、これが国司の代理を務める人間とは、とうてい思えない。

行基は、掾官に向かって、

「どうか、お聞きあれ……」

と、自分たちの行動が、決して国に敵対するものでなく、諸国に流浪する難民を救済するためのものであることなど、と縷々《るる》述べたて、僧たちの赦免を要請した。

掾官は聞き終えて、ぼそっとしゃべった。まるで言葉を使うのがおっくうだ、というふうである。

「まあ、目的はそうであろうが、されど、国の法は守ってもらわねばな」

「僧尼令のことですな。しかし、あの法には不備がある。あの法はかならずしも仏道に適ったものではない」

「まあ、しかし、朝廷が定めた法であるからの。守ってくれぬとな」

かれは赤い鼻の頭を手でこすった。

行基は強い声で言った。

「ならば、われを捕縛して獄舎に入れなされッ。そのかわりに僧たちを赦免してもらいたい」

「はて、それは……」

「できぬ、と申されるのかッ」

行基は掾官を睨みつける。

でも、かれは顔色一つ変えようとはしない。誠意がまるで通じない相手には、それなりの戦法を用いるしかない、と行基は考える。

仏教では相手を見て法を説け、と教えている。

行基は官寺の僧たちが説く地獄説法を聞かせることにした。

「咎なき僧を罪に沈めたりすれば、仏から罰を受けることになろう。仏罰は恐ろしきものぞ。いかがかッ」

掾官はまるで驚くふうもない。

「あの世で地獄に堕ちるということぞッ」

「ほう、そうかのお。われはまだ地獄というものを見たことがない。いかなるものであろうかのお」

　とぼけた調子で言う。

「まず想地獄というものがある。罪人同士が果てしなく殺し合いをつづける、さような恐ろしきところぞ」

「ほう、死んでいるのに、また死んだりするのか。なんとも、面妖《めんよう》な世界があるものじゃ」

　すっかり感心している。

「つぎに受ける地獄は黒縄地獄ぞ。今度は、罪人は熱く焼けた鉄板のうえに転がされ、熱く焼けた黒縄で縛り、真っ赤になったノコギリで肉身を切り刻まれる。八寒八熱の苦しみを味わうことになる」

「……」

「さらに恐ろしき地獄は叫喚地獄ぞ。熱湯の大釜でゆでられ、猛火の室に入れられ、そこで獄卒に鉄の棒で打ち砕かれる」

「……」

　相変わらず掾官は平然としている。

　行基はすっかり気が削がれてしまい、

「ならば申す。最も恐ろしき地獄とは、阿鼻、無間《むげん》地獄ぞ。これはいままでの地獄の百倍の苦しみを味わう処ぞ。鉄の釘を頭のてっぺんに打ちこんで尻に通し、鉄の杖で朝、昼、夕と三百回ずつ打たれ、さらに、熱湯を浴びせられ、剣の山を歩かされ、それが永劫につづく地獄ぞ」

掾官はついにあくびをした。

むろん、地獄の話は、あくまで無智の民衆を説得するための方便に過ぎない。

霊界には仏教で説く地獄のような世界は存在しない。あの世では霊格などが等しい霊人が同じエリアに暮らし、殺しあいの好きな霊は、その霊人同士が集まり寄っている層があるだけなのである。

けれど、それにしても、これほど「地獄の教え」の通じない人間も珍しい。まるで愚かな豚にお灸をすえようとしているようなものだ。結局、行基たちは私度僧の釈放を断念し、引き揚げて来ないわけにはいかないのだった。


国府から戻ると、景静が行基に提案した。

「ところで……いっそのこと、藤原房前どのに嘆願してみたらいかがでしょうか。話に乗ってくださるのではありますまいか」

「ふむ。房前どのにか、そうじゃな」

他に打つ手がない以上、行基も同意するしかなかった。

政権が変わったとはいえ、房前はまだ政権を運営する参議の地位にある。かれを頼ってみる価値はあるかもしれない。

かれの妻の病を癒してやってからというもの、房前は行基にかなり好意的になってくれていた。

獄舎に入れられている行基の私度僧は、すでに三十人ほどにもなっている。その僧たちが、どうしたら解放されるのか、その条件を探ってみる必要がある。

光信も祈るような口調で、

「景静よ、しっかりな。獄舎にいる僧たちは、いまごろは、いかなる罰を受けることになるか、と苦しみ萎れていることであろう」

「わかっておる。なんとしても、この窮地を脱すべく手立てを、考えねばならぬわ」

と固い決意を秘めた面持で、景静は光信に眼を向けた。

景静は参議の藤原房前の屋敷に出向き、面会を求めた。房前はすぐに会ってくれた。

そこで景静は房前に、

「捕らわれているわが僧、あの者たちを国府の獄舎から出してくだされ」

と懇願した。

それに対する房前の返答は、こうだった。

「そなたらの行動については、われも朝議の場で、ずいぶんと弁護をしたのだが、今度の右大臣、長屋王は朝廷の方針に逆らう者に対しては、特に厳しくてな。そなたらの布教の遣り方を、全面的に改めさせよ、と申してきかぬのじゃ」

房前は気の毒そうにそう述べた、と景静は報告した。

魔霊たちに憑かれてしまった長屋王には、下々の出来事などは、別の世の事柄であるがごときものなのだ。

房前の力をもってしても無理なのか、と行基は嘆息した。行基の脳裏には、獄舎でうずくまり怯えている僧たちの姿が、鮮やかに浮かぶ。

もし、かれらを助けることができなかったならば、教団に残っている僧や信者たちも、行基に対する評価を変えることになるだろう。そうなると、教団を統率する行基の力も、いっきに衰えてしまうことになる。


その重苦しい不安は行基を苦しめ、さすがに強靭なかれも精神力、気力も衰え、高熱を発して倒れてしまった。倒れる寸前、かれは自分に向かって群がり寄って来る魔霊たちの姿を見た。白村江の戦で戦死して妄念を抱く死者たちの霊にとって、いまの行基は自分たちの最大の敵である。行基が民に幸福な、平穏な暮らしを与えようとしているからだ。そう考えて、かれを滅ぼすチャンスとばかりに攻撃をしかけて来ている。

床に臥した行基を必死に看病したのは清信尼であった。

下手をすると行基の生命も危ういかもしれない、と彼女は極度の危機感を抱いた。自分が幼い時、行基から助けてもらった、その恩義をいま返さなければならない、と懸命に介護をした。行基の室は僧房であり、女人が泊まることは禁じられている。このことだけは僧尼令を遵守している。それで夜の介護は男子の僧が二人して務めることになっていた。

清信尼はその担当の僧に、

「今宵はわたくしが遅くまでついております。もし、必要になったならば、そなたらを呼びますから」

と言い、二人を帰らせた。

果たして、その夜、行基の意識は朦朧となり、唇を紫にし、がたがたと身体をふるわせ始めた。

とっさに清信尼は素裸になり、行基の横に滑りこみ、かれの衣を剝ぎ、その肌に自分の裸身を密着させた。

そして、行基をしっかりと抱きしめ、

「御仏よ、このわたくしの命を差し上げまする。そのかわりに行基さまをお助けくだされ」

と祈願しつつ、経文を唱える。

清信尼はそうやって、一夜、行基の身体を温めつづけた。朝方になって、ようやく行基の熱は引き、その寝息も静かなものになった。

それを確かめてから清信尼は誰にも見つからないように、そっと室を出て行ったのだった。

やがて、囚人となっている私度僧たちの処罰が定まった、という知らせを受けとった。百杖の刑罰だった。

「あのような太い杖で百回も打たれたならば、間違いなく僧たちは死んでしまいまするッ」

景静は顔面を引きつらせ、頭を抱えた。

景静の言うとおり、実質的に死罪に等しい罰である。

刑の執行は国府の館のまえの広場で、執りおこなわれることになった。公開処刑である。

まず十人の僧が獄舎から引き出され、広場に連れて来られて横一列に座らされた。多くの民衆が広場に集まり、行基たちもそれを見守っていた。

僧たちは一人ずつ木柱のまえに立たされ、裸にされ両手を柱に縛りつけられた。

「おお、哀れなことじゃ。お坊様を叩くことなぞあってはならぬことぞ」

群集のなかにいる一人の老婆が、まわりの者に向かって、そう叫んだ。

獄吏が杖を振りあげ、力いっぱい僧の背中を打った。行基の隣にいた老婆が、ああっと絹衣を裂くような悲鳴をあげた。

杖に打たれると、僧の背の肌から血がぱっと飛び散る。僧はうっと呻き、必死になって痛みに堪えようとする。その両眼はひたっとなにかを凝視している。

まるでこの刑罰を受けることが、僧侶として為すべき苦行の一つでもあるかのごとく考えているふうに見えた。

苦行とは不殺生の善行のことでもあり、降りかかる苦難を甘んじて受け、他の者に苦しみを及ばさないようにする。それがまことの苦行というものだった。

苦しみが烈しいほど、苦行者はまるでカタルシスを得たかのように光り輝く。かれらは、間違いなくその一念をつらぬこうとしているのだ。

（なんというあっぱれな者たちか）

行基は胸を揺さぶられる。

かれらはにわかづくりの優婆夷、私度僧であり、かつて飢えて山野をさまよう浮浪者であった。それにもかかわらず、あのようにまるで修行を積んだ高僧のごとく極刑に耐え抜いている。

受難の光景が、いっそう民衆の心を駆り立てる。

「やめよ、もうやめよッ」

かれらは口々に叫び、獄吏を罵りだした。

行基はその声を耳にしながら、ここで無念の死を迎える僧たちの生まれ変わりについて思った。

人の輪廻は、幽界・霊界で数十年、数百年を過ごしてからこの世に再生する者が多い。しかし、現世に特別に執着のある者は、霊界に昇ることなく現世の地上世界と交錯する幽界で過ごし、すぐに生まれ変わったりする。

ここで惨死させられた僧たちの中にも、地上世界の光景とだぶる幽界にさまよい、そして、妊娠している女人をみつけだし、その母胎にさっさと憑入《いにゅう》する者もあるかも知れない。

——霊界では人間を死刑にすることには反対である。死は地上生活の労苦に対して与えられる報酬で、肉体の牢獄から解放し自由にしてあげるもの、というのが霊界の定説なのである。死刑という蛮行によって、肉体から突如、強引に切り離されると、霊魂は大変な苦痛を覚え、復讐の鬼霊と化して攻撃に出て、地上の生者に害を及ぼすようになる。

霊界にも処罰はあるが、それはあくまで犯した罪がいかに自分の霊魂を汚し、進化を遅らせるものになるかを悟らせ、悔い改めさせることを主眼とするものなのだ。

人間界の死刑制度は、その点から逸脱している。人間に死が与えられるのが問題なのではない。人間にはカルマの理に基づいた、天から授けられる寿命というものがある。

寿命は天から与えられた生きる尊い権利であり、それを同じ人間の手で勝手に絶つことに問題があるのである。

百回、杖に打たれて瀕死の状態にある僧たちは、獄舎には戻されず、行基たちに引き渡されることになった。

寺に運んで必死に介護したにもかかわらず、助かったのはわずかに二人だけであった。

行基はうめき声をあげるかれらのそばに付き添い、その最期を見守った。

僧たちの肉体と霊魂の分離が始まる。

霊視をすることができる行基は、しっかりとその光景を捉えることができた。

霊魂は、まず霊体と共に肉体から離れて行く。

霊と肉は互いに浸透しあっているので、その乖離は急激なものではなく、徐々に離れていくのである。

地上にある肉体（遺骸）と空中にある霊体とは、幾本もの白銀色の霊子線（シルバーコード）で結ばれている。古代の人々が「魂の緒」と呼ぶものである。

このシルバーコードが切れると、人間は肉体をもった霊から肉体をもたない霊へと移行する。つまり霊人となるのである。

完全に霊人となったかれらは、地上世界と霊界とのあいだにある中有《ちゅうう》で、しばし意識のない茫然自失の状態となって過ごし、やがて、覚醒し霊界へと昇っていく。

そして、霊界に入ろうとするには、だれしもが霊界入門のイニシエーション（通過儀礼）を受けなければならない。そこでは、現世でのおのれの人生のすべてを、眼前に展開するフラッシュバックの映像となって見せられるのである。

最初の組の刑の執行が終わると、残りの僧たちの処罰はすぐには実行されなかった。そのかわり、山背国、河内国、大和国で活動している私度僧たちが、捕縛されて獄舎につながれた。

行基たちが、いかなる行動に出るか、朝廷側もその様子を見定めようとしたのである。さすがに行基もひどく打ちのめされた。自身が杖打ちの刑を受けた思いになった。

景静と光信は断固とした口調で主張した。

「かようなことに、われらは負けてはなりませぬ。絶対に教団を解散するようなことなぞ、あってはなりませぬ。法華経にもありますぞ、末法の世には、その教えを広めることで、信者はかならずや厳しい迫害を受けることになるであろう、と」

「そうです。指やヒジを焼いてまでして、布教に心身を捧げようとした僧たちなのです。こうして、布教のためにおのれの身に罰を受け、たとえ命をうしなうことになったとしても、いささかの迷いも持たぬはず。僧たちは喜んで犠牲になってくれるでありましょうぞ」

確かに殉教した僧たちの様は、民衆に深い感銘を与えていた。

「行基さまの寺の僧侶は凄いものじゃ。まるで心根が鉄でできているようじゃ」

「あのような目に遭っても、仏に護られていると信じているのじゃろ」

と人々は、そう噂をしあっていた。

第五章　サジェスチョン

五衰滅色の秋、行基は考えた末に、突如、僧たちに布施行をやめさせることにした。聖武帝が即位した年、神亀元年（七二四年）。朝廷の意に従うことにより、獄中にある残りの僧たちを救う決断をしたのだった。

獄舎の囚人となっていた私度僧たちは赦免された。

が、それが実現すると、行基にとってつぎの課題は各地にある布施屋や寺にいる多くの難民、信者たち、かれらをどうするかということだった。

子供、年寄り、女たちも多い。もう帰る場所のないかれらに、行基が食べ物を与えてやらなければ、生きていくことは難しい。

いまはまだ布施行などで貯えた財があり、食糧もまだかなり残ってはいる。が、それがいつまでも持つというものではない。

結局、布施行の活動ができないならば、信者に食べ物を求めさせ村々をまわらせるしかない。波羅蜜《はらみつ》行の物乞いである。

けれど、それでは限られた人数しか救うことができない。布施屋などにいる他の多くの者たちは飢えてしまう。

たとえ、自分が食べなくても、かれらを食べさせてやらなければならないのだ。それが行基の志であり、天から与えられた使命でもある。人の生命を尊び、救うことこそ大慈悲の所業であり、まことの仏の道なのである。

窮民を救済し仏道を成就するという初一念《しょいちねん》を、決して捨て去ってはならない、と行基は考えるのである。

それには、いままでの遣り方を一新し、新たに収入が得られ、しかも、朝廷と対立しないような、その権力に屈することのないような方策を考えなければならない。

行基は師の道昭が重視していた、三階教の経典をあらためて手にした。

三階教を信仰する大陸の教団も異端邪教とされ、百二十六年ほどの間に前後四回、国からの熾烈な弾圧を受けた。布施行を重視し、他宗を認めない布教の遣り方が、他の教団との激しい摩擦を生み、ついには国と敵対することになった。

心眼をひらいてその経典を幾度も読みかえすと、そのなかにある一節が天啓のごとくかれの心をとらえた。それは他の経典にはない、まったく別個の衆生救済の方策で、画期的な転換をうながすものだった。

それには教団運営の方針として、宗教運動だけでなく経済事業も加える。それで財を得て困窮している人々を救い、時代、社会を動かすことができる、という理念があった。

人々の幸せは心と物との二つが充実してこそ、実現するものという思想である。

行基は師の道昭がやっていた布教の遣り方を思いだした。道昭は寺での修行に専心しないで托鉢行もやらず、朝廷の法会にも加わらず、村々の橋を造り井戸を掘り、船着場などの事業、利生活動に従事していた。

最初、それを見たとき、行基はまったくその活動の意味が理解できなかった。

道昭は三階教の宗旨に基づき、決して他の官寺にはできない、新たな布教活動を実践していたのである。道昭はまた、こうも言っていた。

「衆生に仏性があるのではない。衆生が仏性そのものなのじゃ。ゆえに、こうして衆生のために尽くさねばならぬ」

その言葉の意味が、行基には漸く悟り得るような気がした。

行基の心の中には、

(どんなやり方であれ、山野に満ちる貧民、飢えた人々の生命を救わねばならぬ)

という情熱が常に渦巻き、それが激しくかれを突き動かしている。いわば行基にとっての霊的要求なのである。

さらに、行基にとって、最近、朝廷の出した新たな勅令のことが頭にあったのだった。

朝廷は農民の多くが田畑を放りだし村から出奔し、野に果て山に果て、ついには恨みを持って現世に執着する魔霊となることに危機感を感じ、思い切って大胆な農政改革を実施することを決断したのである。

――養老七年（七二三年）、水田開発に関する新たな法が発布された。国の農地の開発に関する、思い切った方針変更だった。

三世一身法の発布。

「池溝などの灌漑施設を新設し、新たに墾田を実施したときは、三世までの所有を許す。既存の施設を改修してのときは、開墾した者の一世だけとする」

という内容だった。

これを発案した太政官の頭のなかには、養老二年の筑後守、道君首名《みちのきみのおびとな》の事業の成功の事例があったはずだった。道君は農民に対し、作物に関する農業指導を徹底し、堤、池などの灌漑施設を作り、墾田開発を援助し、その死後は農民たちに神とまで讃えられた。

本来ならば、国、朝廷として当然やるべきことなのである。それを怠っていたがゆえに、筑後守が独断でやったものでも、それが偉大な功績とされたのだった。

行基はこの国の農地の倍増計画を知って、数多くの人間を動員できる自分の教団にとっても、これは有利な展開ができるかもしれない。そこに教団の発展する道がある、と考えたのである。

そして、民衆の力の偉大さを為政者に見せつけることができるならば、それはまた民のための政事を実現するための、絶好の機会とも成り得るに違いない、と考えたのだ。

景静と光信を呼んで、行基はおのれの計画を説いた。

「これからは仏法の布教のみに重きを置かず、民の命、その生業を助けるような活動をしなければならない。それこそこの時代に仏の道を歩む者として為すべきことなのだ」

光信は難しい顔になった。

「いまの仏法は人の心の救済のみを考えよ、と教えております。行基さまは、そうではなく一人一人の民が、この世で飢えを凌ぎ肉身を保てるよう、そのようなことも重んじよ、と申されのですか？」

「そうだ。この世に生を受けた者が、一日でも長く生きられるように、われらは手を差し伸べてやらなければならないのだ。それが仏の教えを尊ぶ者、いや、この同じ世に生きる者としての務めなのだ」

化度利生《けどりしょう》……衆生を済度救済し、衆生に利益をもたらすこと、つまり仏法にいう慈悲を与えるということである。

「政《まつりごと》がやらないこと、やれないことをやれ、と申されるのですね……」

景静はよくわからない、といったふうである。

「まあ、そういうことになるかもしれないいな」

「ずいぶんと難儀なことになりまするな。いままでの布施行を中心とする活動に較べて遥かに困難で、また種々の厄介ごとを抱えこむことになりましょうな」

「なにやら暴れる子供を両脇に抱え、大きな河を渡るような話ですが、そんなことがわれらにできましょうや」

と光信も口をはさむ。

「いまはわからない。しかしな、その方向にしか、われらの進む道は見つからぬのだ。いままでの労苦を無にしないために、また犠牲になった僧たちのためにも、新たな道を切り拓かねばならぬのじゃ」

「それはわかる気もいたしまするが、もっと具体的にお話していただけませぬか」

「うむ。そうじゃな」

行基は、しばし黙してから口を開いた。

「まあ、言ってみれば、仏法で説く福田《ふくでん》思想、衆生を救うための事業だろうな。諸徳福田経や、菩薩戒の梵網経《ぼんもうきょう》にある福田の内容には、僧坊、橋、水路、池、道路、船、井戸なぞを造るとあるが、まあ、そのようなことじゃ」

三階教では宗教に関する事業（布施行など）で得られるものを内的な財、経済に関するもので収授できるものを外的な財、というふうに呼称している。

景静は首を振る。

「なるほど、民の暮らしを助ける事業を成すことで、仏の教えを広めようとすることでありまするな」

「そうじゃ」

「されど、行基さま。そのような事業は、本来、国府がやるべきことなのでは」

「そのとおりなのだが、いまの朝廷には民のことなぞ頭にはない。ただ税をしぼりとる道具くらいにしか、民のことを考えてはおらぬ」

それを聞いて、景静は口もとをゆるめる。心底では得心しているのであろう。

「それに絶望して、民はつぎつぎと家や田畑を棄て、飢え、さまよっておる」

「はい、申されるがごとく」

「確かに、われらがやることは、国府のかわりにやるごときものかもしれぬ。じゃが、これは三階教の教えに基づくものでもあるのじゃ。衆生、民のための無尽蔵院《むじんぞう》を開く。貧窮する者のために無尽の蔵を造れとあるが、あれぞ」

徳が広く窮まりないことを無尽と言い、無尽の徳を包むものを蔵と呼ぶ。蔵に貯えた無量の資材をもって、衆生を救済するのである。

「その無尽蔵に入れる財と申しますと？」

「様々な事業をおこなうことによって、それから生じる財ということになろうか。むろん、無尽財のうちには、当然、民から得られるもの、与えられるものも入る」

大陸における北魏の時代、飢民を救済するためのボランティア制度があった。国民より粟の寄付を受け、それを役所の蔵に貯蔵し、飢餓の時にはそれを人々に施与した。

それは社会から大いに歓迎され、広く普及した。

これをまねて二十年ほど前、この国の飛鳥にある山田寺でも稲籾を貯蔵し義倉と成し、窮民を援助しようとしたことがあった。

が、長くはつづかず、朝廷より給付された田から得られる収入も、寺を維持するためにのみ使用されるようになってしまった。

これまでとがらりと方針を変え、教団が再出発をするに当たり、行基がまず願ったのは、ここを去った行達を呼び戻したい、ということだった。

行達は、最初、教団を創設したときの盟友で、その当時の困難さを、よく知っている。あのように混乱した状態を上手にまとめ、智慧を出し、教団を組織化できたのも、なんといってもかれの手腕によるものであった。

行基を裏切って去ってしまった行達なのであるが、行基にとっては、かれには苦労をさせるだけで終わってしまった、という悔いがある。

行達は、いま、僧綱所《そうこうじょ》に籍を置いている。僧綱所というのは、薬師寺に初めて設置された、官度僧を管理する役所だった。

行基は前もって伝言し薬師寺を訪ね、久し振りに行達に会うことにした。

行基が本尊を祀る金堂に入って行くと、そこに既に行達が待っていた。

行達は行基を見て、

「これは、ようこそ参られた。お久し振りです、行基どの、いや、行基さま」

と喜びの声を放った。

仕事に生き甲斐を感じているらしく、溌剌とした態度である。

「おう、そなたも元気そうじゃな」

行基は行達の顔を見ると、胸に迫るものがあった。

「実は、そなたに折り入っての話なのじゃが」

行基は、これまでの教団の事情を説明し、今後の方針を詳しく熱心に説いて聞かせた。

行達は、時折、うなずきながら耳を傾けていた。

「……拙僧も、これまで行基さまの行動を案じて見守っておったのです。なるほど、そのようにお考えになられましたか。行基さまの申されること、おおよそ納得できました。三階教の宗旨に基づく、新たな布教の遣り方でありまするな」

「さよう」

「つまり、それは、朝廷の政事の光の届かぬところに、新たな光を当てるということでもありまするな」

「まあ、そのように考えてもよかろう」

「うむ。面白い。この国で初めておこなう成し事ですな。朝廷の政事に携わる人たちにとっては、思いもよらぬことです」

行達の言のごとく、仏法の布教と営利事業の結合は革命的な出来事になるに違いなかった。

「さすが、行基さま。行基さまの新たな志に愚僧も感じ入りました」

行達は、また叩頭した。

「それで、折り入って話があるのじゃ。ぜひ、そなたに戻って来てもらいたい、と思うておるのじゃがな」

行達は、しばし黙考し、答えた。

「……お話をうかがって、愚僧は、ぜひ行基さまのお力になりたい、とは思いまするが」

「ならば、帰って来てくれるか」

いや、と行達は首を横に振る。

「それが果たして、良き策と言えるかどうか」

「と、申すと？」

「教団の新たな運営に関する内容を知って、それで思ったのですが、愚僧が行基さまをお助けする方法は、以前とは変えたほうがよろしいのではないか、と」

「遣り方を変える？」

「はい。もう二度と行基さまと方針の違いで衝突し、また決別するようなことがあってはならぬ、と思うのです。組織の中でしょっちゅう顔を合せるようになると、どうしても意見の相違が生じ、それでぶつかり合うことになります」

「……」

「やはり、愚僧は朝廷の組織の中に残ったほうが善いかと思いまする。そのほうが教団のためにも有益になるはずです」

「うむ」

「そうして、政権の方針を確実に把握し、教団に災禍がふりかからぬよう、何かあれば行基さまのもとへ、お知らせすることに致しましょう」

「そうか」

教団内部の指導者になるより、外部からの協力者となったほうが、自分の存在とその能力を活かせる、と行達は言うのである。

「うむ。そなたの申すことにも一理あるな」

行達は薬師寺に入ってから、無意味に時を過ごしていたのではなかったようだ。かれはかれなりに、広い視野を持つ僧侶へと成長していたのである。

「はい。行基さま。今度の新たなる教団の運営で、もう失敗は許されませぬ。なにがなんでも成功させなければなりませぬ。愚僧の決意は最初の教団の創業の時と、なんら変わるものではありませぬ。以前とは異なる方法で、今まで以上のお力添えをいたしましょうぞ」

「有り難い。頼む、行達」

「はい。ふたたび行基さまと共に、この世の民を救うため、新たな仏道を歩むことは愚僧にとっても幸あることです」

行達の志もまた、真摯なものであった。


神亀元年（七二四年）、行基が五十七歳の年、元正天皇は首皇子《おびと》に譲位し、聖武天皇《しょうむ》が誕生することになった。

聖武は文武天皇の第一子、母の宮子皇后は魔霊に精神を侵されていた。魔霊が憑いた証しには、眼がきょろきょろと動き、肩をやたら震わせ、手をむやみに上下に振ったりする霊動現象が見られる。

二十年後、行基は東大寺の大仏造営で、この聖武天皇と深い関係を結ぶことになる。けれど、この時はまだ、かれにとってそのような時代が訪れることなぞ夢想だにできないことであった。

右大臣の長屋王は、政権の首座、左大臣になり、藤原氏の代表格の藤原房前も正三位に昇進を遂げた。

行基は行達と相談し、新方針による教団の運営に関し、政権の意向を探ることにした。新たな運営の内容が合法的であるかどうか、それは朝廷の思惑一つで決まることになる。

行達は行基の意を受けて、藤原房前と会い長屋王の考えを知ろうとした。

房前は行基に対しては、相変わらず好意的な感情を抱いてくれている。

「ほう、行基どのは、さようなことをおこなうつもりなのか」

行達の話を聞いて、房前は頬をゆるめた。

「でもな、長屋王はまだ行基どのを完全に許してはおらぬようなのじゃ。国の僧綱《そうごう》を犯す存在としか考えてはおらぬようじゃな」

「やはり、まだ……」

「行基どのは、以前、こう申しておられた。これまでの大戦で恨みを持って最期を遂げ、現世に執着する死者たちの霊が、この朝廷を牛耳っている、と。われも確かにそのような気がする。多くの魔霊に取り憑かれた官僚が、ここにはうようよいるのだ。まさに魔霊たちが国政を動かしておる」

「確かに」

「魔霊たちの手から逃れるには、いかにしたら善いものか」

房前の眼に真剣なものが宿っている。

「はい。それはもう仏への信仰の強さを持って対処するしかありませぬ。なにものをも浄める仏の霊力を恐れるのが魔霊というものなのです」

「なるほど、そうか」

房前は納得する表情で言い、

「行基どのに伝えよ。これからは嵐の吹き荒れる時代になるであろう。その嵐がいかなる方角へ向くことになるか、そのことをよく見極めて、物事を成すように、となと、こう行達に助言した。」

その意味は行達に理解できないことはない。

いま朝廷では血なまぐさい気配が漂い始めているのだ。長屋王と房前の藤原一族との対立である。

藤原氏は聖武天皇が皇太子の時に妃とした藤原氏一族の媛《ひめ》、光明子《こうみょうし》を今度は皇后に押し上げたいと望んでいる。皇后は皇族出身者のみとする公式令があるが、藤原氏はそれに反し、これまでの慣例を無視し、それを実現させようと画策している。

当然、長屋王は阻止せんとして、猛烈に反対をする。皇族派と藤原氏派との血の抗争が始まっているのだった。

政権を支配する魔霊たちの軍団が、いずれの側に味方するか、それが勝敗を決めることになるに違いない。

行基の教団の信者たちの中には、布施屋や簡易な寺を建造する技術者はいる。だが、さまざまな土木事業となると、これはまた別物だった。それを完成させるには、それなりの専門技術者というものが必要になり、新規に集めるしかない。

朝廷の事業に携わる技術者を用いるのならば安心できるのだが、それではまた朝廷との摩擦を生じさせることになる。

　そこで行基が眼をつけたのは、道昭が架橋などの仕事をやっていたとき、それに参画していた技術者だった。

　朝廷の僧綱所にいる行達に頼み、その当時の道昭の事業に関係していた人物を探しだしてもらった。架橋の仕事に棟梁を務めていたのは、楊広《ようこう》という名の男とわかった。

「なんと、その者は陶邑《すえ》の地におると申すのか」

　楊広の居所を教えてもらって驚いた。

　陶邑は行基の親族も住む生家に近い地で、行基はそこに大須恵院という布施屋兼寺をこしらえてあった。

　須恵器の産地としても名高く、陶器を生産する工人が多く生活していた。一つの技術に精通する者は、つぎに新たな技術を得ようとするものである。陶邑の地には、いつのまにか多岐にわたる技術者が、住みつくようになっていた。

　その村の入り口には、目印となる大きな藁人形が立てられてある。豊年を祈願するのと、悪病が村に入りこむのを防ごうとして、こうして毎年、新たな藁人形が立てられる。

　行基は、楊広の家を訪ねた。

　かれの先祖は新羅からの帰化人だった。楊広の一族ばかりでなく、当時の熟練した技術者のほとんどが、帰化人の系統を名乗る者で占められていた。

「そうですか。行基さまは、あの御坊のお弟子さまなんですか」

既に行基の評判を聞いていた楊広は、道昭の名を持ちだすと、さらに好意的な態度になった。

「いつでも声をかけてくだされ。喜んで馳せ参じまするぞ」

「有り難い。そなたのような熟練した業師が、労務の指揮を執ってくれるならば、必ずや工事もうまくゆくに違いない」

行基は楊広の両手を握り締めた。

「これも道昭さまのお導きか。あの御方も、おのれのことなぞまるで省みず、ひたすら民に幸を与えることしか、考えてはおらなんだ。他の寺にいる僧とくらべると、志がまるで違う。われらにとっては、菩薩さまのように思えましたな」

そう楊広は言い、瞳を潤ませた。

さらに、行基は道昭を助けた技術者たちを探し出し、かれらの協力を取りつけることに成功した。


行基が身のまわりに変化を感じたのは、楊広に会って一カ月も経たないころであった。

これまで長い間、朝夕、行基の世話をしてくれていたのは、清信尼だった。それが、いつのまにかその姿が見えなくなり、かわりに別の尼が担当するようになっている。不審に思った行基は光信に尋ねた。

「どうしたのじゃ、清信尼は？　どこか身体のあんばいでも悪いのか」

「いいえ、そうではありませんが……」

清信尼を行基のそばに置くことに問題が生じたのだ、と光信は行基から眼を逸《そ》らした。

「問題とは？」

「はい。実は……」

光信が告げたのは、行基が先に急病に罹《かか》ったときのことだった。

行基が寝起きする僧坊は神聖な室で、女人が宿泊することは禁じられている。ところが、行基が病に倒れたとき、清信尼はその定めを破った。介護を務める男子の僧を追い出し、一人だけで行基の室に泊まりこんだのだという。

「さようなことがあったのか」

高熱にうなされつづけていた行基は、清信尼が一晩中、自分の肌でかれの身体を温めつづけ、看病してくれていたことを知らない。

「そのことが評判になって、まわりの尼僧たちが清信尼を責めるようになり、収まりがつかなくなってしまったのです」

もともと清信尼一人だけが、行基の傍らにいることに対し、他の尼たちには不満だった。

「わたくしたちにも行基さまのお世話をさせてくださいい」

日頃から、そう口うるさく言っていた。

そんなところに、この事件である。

「清信尼は行基さまとは幼い頃より特別な縁のある者なのじゃと申しても、いっこうに納得しないのです。それで今度ばかりは、オキテ破りということもあるゆえ、なんとかしなければならぬようになった次第なのです」

「オキテ破りといっても、われの病のためぞ。清信尼に罪なぞない。むしろ、誉めてやらねばならぬことではないのか」

「それはそのとおりなのですが」

光信は困った顔になっている。

「われはな。やはり、そばにおってくれるのは、清信尼のほうが、なにかと気を遣わずに済む。ぜひ、そのようにしてくれぬか」

「それはもう存じております。必ずまた清信尼をおそばにつけるようにいたしまする。けれど、いましばし、このままで辛抱してくださいませんか」

多くの僧尼から非難を浴びているときに、行基のもとに強引に戻しても、今後のことを考えると、それは清信尼にとっても負担になるに違いない、と光信は主張する。

「そのことは、清信尼自身も承知しております。行基さまの身を案ずる余り、つい軽率な行為をしてしまったと詫びておるのです」

「わかった。じゃが、できるだけ早く清信尼を、な」

諦めることにしたものの、清信尼には気の毒なことになってしまった、という思いが行基にはある。

数日後、彼女を見かけたとき、

「清信尼よ。光信に事情を聞いたのじゃが、そなたには、まこと相済まぬことになってしまった」

と声をかけた。

「いいえ、行基さま。われのほうこそ、オキテを破ったりして申し訳ない、と思っております。ただ、行基さまのお世話ができぬようになってしまったこと、それだけが実に無念で残念でたまりません」

そう言って、清信尼は頭を垂れ、

「わたくしのかわりに、この者をお側につけるようにいたしたい、と思っておりまする」

と彼女の横にいる一人の若い尼を紹介した。

恵心尼という名の小柄でほっそりした娘である。清信尼が推薦するだけあって、純な心根の持主なのである。

清信尼と同様に貧しい農民の両親のもとに育ち、一家離散の憂き目に遭い、行基の寺に救いを求めてやって来たのだった。自分の妹のように可愛がっている、と清信尼は恵心尼の肩に手を置いた。

「うむ。じゃがな、われはやはり、そなたがそばにいてくれるほうが良い。光信にも言ってあるが、事情が許すようになったなら、また頼む」

清信尼は、その行基の言葉に顔面を紅潮させ、

「有り難いことです。行基さまのその一言で、われは勇気づけられました。まことに有り難いことでありまする」

涙ぐみ、そうつぶやいたのだった。

第六章　試行錯誤

教団がこれから挑戦しようとする事業には、橋、道路、池溝、墾田開発などがある。が、行基の教団は土木事業に関しては、まだ経験したことがなく、いきなり難事業に挑む、というわけにはいかなかった。

行基が最初に選んだのは架橋の事業だった。それはなんといっても経験のある楊広という工事の棟梁がいる、という安心感からだった。

その話を聞いて、光信と景静は緊張した。

「最初の事業は橋造りでありまするか」

「そうじゃ、立派な橋を造る」

行基は澄まして言う。

景静らは、まず道づくりなどから始めるもの、と考えていたのだ。

「わが僧侶らは経を読めても、橋は造ることはできませぬ。そのような腕を持っている者なぞおりませぬが」

「なにも僧侶に橋造りに巧みになれ、と言うのではない。それを専門に担当する者は、既に見つけてある。僧侶たちには信者の先頭に立って、現場での労務に従事してもらえばよいのじゃ」

行基は楊広の手づるを利用し、橋造りの技術者をかなり確保することができていた。

「それで、何処に橋を造られるのですか」

「淀川の山崎の地じゃ」

それに眼をつけたのは、そこはかつて道昭が架けた場所であるがゆえである。要するに建て替えになる。

その山崎橋は朽ち果て、わずかに橋脚の一部だけが名残をとどめていた。苦労して架けたものの、まもなく流されてしまったのだ。

この橋を架け直す事業をやることには、道昭の魂も助けてくれるに違いない、と行基には思えた。

最初から失敗は許されない。見事な橋を造って世に示し、行基の教団の再出発を飾るもの、としなければならない。

橋を架ける事業を始めるには、まずその資材を確保しなければならない。その全部を調達するのに、行基の教団だけでは荷が重い。

山崎橋の架設によって利益を受けるのは、両岸にある村である。行基は里長を訪ね、資材を寄付してくれるよう依頼することにした。周りの農民の家は伏せ屋（床下式住居）ばかりだが、右岸の村の里長の屋敷は立派な構えだった。

「ささ、どうぞ」

と行基は奥の間に招き入れられた。

室の壁には山から伐りとってきた枝木が飾られ、それに餅や芋がつり下がっている。作物の豊穣を願って、小正月におこなう予祝の行事なのである。

「ほう、橋を架けてくださいまするのか。ならば、われらも力をお貸しいたしましょうぞ」

資材の一部だけを負担すれば、あとはすべてやってくれる。行基のその申し出に里長は、素直に喜びの声を挙げた。

行基との約束が成ると、里長は郡司のもとを訪ねた。架橋の認可を必要としたのだ。

郡司は地方の有力豪族で、自分の屋敷を役所（郡衙《ぐんが》）とし、国司の下の地方官として地域の行政の任に当たっている。

豊富な財力を有し、貧農の救済には積極的にならなければならない立場であるが、実際はそうではなかった。

逆にその権限を利用し、農民から搾取する郡司が多かった。山崎橋がなくなった場所には舟の渡し場があり、それを運営しているのも郡司だった。

「なに？　橋を架けるじゃと」

郡司は苦い表情になった。

「はい。遥か以前に、道昭さまがお架けくだされたことのある、山崎橋をいま一度、造りたいと思いまする。どうかお許しを」

山海の珍物を持参し、里長は低頭する。

「ならぬ」

「は？　何故でありまするのか」

「橋ができてしまえば、もう渡し舟は要らなくなってしまうではないか」

収入源である渡し舟の運営ができなくなる。そうなると、自分が大きな損失をもろに受けることになり、絶対に認めるわけにはいかない、と言うのだ。

渡し舟の収入を、そのまま国に納めているのであれば、郡司も、それなりの理由を考えて廃止することができる。だが、自分のフトコロに入るものとなると、そうはいかない。村人の利益よりか自分のそれのほうが、大切になるのだ。

「じゃが、渡し舟ではなにかと不便。あの橋ができれば田畑に通う村民も大いに助かりまする」

「いいや。ならぬわッ」

郡司は横を向き、里長がいくら説得しても、もう耳に入らないふうだった。

淀川にはいくつもの舟の渡し場があり、その運営で収入をあげることは、郡司たちの既得権のようになっている。当然、他の郡司たちも山崎橋の建設に反対する郡司の味方をするようになった。

　行基にこれからあちこちに橋を架けられてはかなわない、と危機感を持ったのである。

　村人は大いに歓迎するが、郡司は反対、という羽目になった。これを解決するために里長たちの選んだ手は、国府に出向き国司に訴えることだった。

「このたびは行基さまのところが、かわってやってくださいまするが、本来ならば橋を架け、村を助けることは国府が行うべきこと。どうか、橋を架けることを承認してくださるよう、郡司どのにお命じくだされ」

　だが、国司は最初から及び腰だった。

「そなたたちの申し様は、わからぬでもないがな。だからといって、郡司に損を与えるようなことは」

　里長と郡司のあいだに挟まれ、いずれの味方をしてよいかわからぬといった調子で、国司は言を左右する。

「されど、もし、橋が架かれば農耕も便利になり、作り田の稲も多く採れ、国に納める稲税も増やすことができまする」

　里長たちも必死である。かれらが嘆願できるのは、国司が最後なのだ。国司が動かなければ、郡司の首を振らせることはできない。

「まこと、厄介な話じゃの」

と国司は頭を抱える。

所詮、自分の富が増えるという話ではないのである。

郡司には徴税、軽い刑罰の執行などの権限があり、郡司の働きがあればこそ円滑な地方行政が成り立つ。もし、ここで里長の味方をして、郡司から反感を抱かれたならば、これから先の協力は得られないかもしれない。

それを恐れる国司は、いつまで経っても結論を出そうとはしない。

年老いた里長たちは頭を悩まし、行基のところに話し合いにやってきた。

「行基さま、いかにいたしましょうや」

「郡司も国司も説得できぬか」

「はい。あれこれ申し述べても、首を振ってはくださいませぬ。ここは一つ、行基さまのお手を借りねばならぬ、と」

里長たちは白髪頭を床にこすりつける。

しかし、行基はかれらを助けるとも助けないとも口にはしない。かれはかれなりの計算があるのだ。

河を渡るのに舟と橋とでは、その利益には大きな違いがある。通行の利便性、安全性、費用の面でも、橋のほうが遥かに優る。

その点、渡し舟のほうは河の水が少しでも増すと、もう渡ることはできない。橋の大切さは、村人にも切実なものになっているはずだった。

それに地方から調庸《ちょうよう》（税）を運んで来る貢納担夫《こうのうたんぷ》たちは、ここで幾日も足止めをされ、ついに食糧も尽き悲惨な状態におちいることがある。それも村の重い負担になっている。

架橋の話を聞いた村人たちが、このまま黙っているはずはないのだ。

かならずかれらは、

「橋を造らなければ、われらの暮らしは良くならぬ。この数年で、どれほどの家が、村を離れて行ってしまったことかッ」

「橋を架けよッ。行基さまの仏心、善意を無にするなかれ！」

と里長を突き上げるに違いない。

それが行基の読みだった。民衆のパワーを信じたのである。

果たして、村人たちが騒ぎ出した。里長が動かないと、かれの屋敷に火を放つほどの勢いである。

そして、ついには大勢で郡司の屋敷に押しかけ、暴れて、

「橋を架けよ、橋を架けよ」

と大声で騒ぐようになった。

この農民たちのデモ騒ぎに郡司は肝を潰し、屋敷から一歩も出て来ないようになった。

行基はその機をとらえることにした。郡司の説得を頼む国司のよい返答も、いつになるかわからない。こうなったら国司の尻を叩く意味でも、既成事実を積み上げる他はないと考えた。

「工事を開始することにいたす」

そう里長に宣言した。

「え？　始めてくださいますするのか」

里長は驚いて言う。

「ただ、国司から、それを禁止するように、との命令があれば、中止せざるを得ないからな」

架橋の事業は、あくまで村人の要請を受けてやるのが筋である。再出発をはかろうとする行基の集団が、表立って国府と対立するわけにはいかない。

「そうならぬように、われらも務めまする」

「うむ。郡司を動かすには、国司の力が必要じゃ。どうしても、郡司に命令を出せぬとあらば、この件について最後まで黙認してもらえばよいのじゃ」

すっかりハラを決めた里長も、国司に対する別の裏工作を考えているらしく、その唇にはかすかに笑みがあった。


道昭のもとで働いていた楊広が、架橋工事の長を務めるわけだが、その下に技術者と労務者の班を置くことにした。

技術の指導者は楊広に選任させた。現場で労役に従事する信者は、光信と景静に選ばせた。労務者の数は技術者の数倍にもなる。そのかれらを統率するには、やはり、同じ思想で染められた者が最適であった。

行基は専門職の技術者に関しては、その腕を買ったわけで、教団の信者になってもらわずとも良い、と割り切っていた。

かれらは飢えた難民とは、まるで違う。技術者は熟練者として、それ相当の扱いをしてやらなければ、行基のもとをさっさと離れて行ってしまう。

かれらは信仰ではなく報酬を求めて、この仕事に従事しようとしているのである。

技術者と労務者とは宿泊する寺院も別にし、一日一食の食事の提供も技術者に関しては二食とした。

橋造りの工事が開始された。

道具は楔《くさび》、手斧、鉋《かんな》が主なもの。木の断面に刻みを入れ、これに楔を入れ丸太を割り、手斧で削るのである。直系二十センチほどの丸太の先端を削った杭を作る。

これを浅瀬に二本ずつ打つ。つぎにこの杭に横木を縛りつけ、その上に板や丸木をならべる、という横桁方式の桁橋である。

これが古来より継続する架橋の遣り方だった。架橋の工事は順調に進み橋脚が立てられ、橋桁を載せる段階になった。

毎日のように作業を見物に来る村人たちは、一様に歓声をあげ、行基たちへの感謝の言葉を口にした。

その光景は行基たちを幸福な気分にし、また勇気を与えたりもした。

だが、昂揚した村人たちの気分は長くはつづかなかった。半分ほど完成した橋に火がつけられ燃えてしまったのだ。

渡し舟が不要となることを嫌う郡司の仕業であった。

「なんということじゃ。ここまでこしらえた橋が、たった一夜で無になってしまうとは！」

橋造りに携わった信者たちや、村人の落胆は大きかった。

「このような妨害に出あうようでは、もうここに橋を架けるわけにはいきませぬな」

景静と光信も声を落とす。

「なにを申すか。このくらいの妨げでやめてたまるか。また新しく造ればよいのじゃ」

行基は二人をたしなめた。

「しかし、行基さま。造っても、また燃やされてしまいまするぞ」

「里長たちと相談し、見張りを置くようにすればよい」

「しかし、郡司はまた悪賢い手段をもって橋を無くすようにいたしまする」

「そのときは、ふたたび造ればよいではないか」

行基はあっさり言う。

二人はその行基の言葉に、あっけにとられたふうになった。

事業というものには困難がつきものである。行基にとって、そのことは最初から覚悟していることであった。

むしろ、最初からうまくゆかないのが事業というものなのだ。

つぎつぎと問題が発生し、それに対処、解決していくことが、事業を遂行するということなのであろう。そのような状況にぶつかり、それを一つずつ克服していくことで、事業を遂行する能力と技術を手に入れることができるのだ。

行基は再度の架橋工事の開始を命じた。

「行基さま、今度はわれらがしっかと守りまするぞ」

里長もそう約束してくれた。

屈強な身体をした若者たちを中心に、郡司の破壊活動を防ぐための警護班を作った。

そして、昼夜、かれらに橋を見張らせることにした。

「手には鎌かクワを持たせ、橋には十人、それから郡司の屋敷の前には二十人ほど置いて、時々、わあっとか、ああっとか、大声を挙げさせまする」

里長はそんな作戦を披露した。

工事現場でなにか変事が起きたならば、ただちに狼煙をあげ、村に知らせる。そうすると、さらに多くの一隊がすぐに駆けつける手はずにした。

「これで郡司も悪工作ができぬはず。安心して工事を進めてくだされ」

と里長も胸を張った。

架橋の工事がふたたび始まった。

二度目になると仕事の段取りもはかどり、作業する者の動きにも手慣れたものがある。最初の橋にくらべて、かなり短い工期で完成した。

だが、できあがったその橋を眺めて、行基は思ったのである。

(それにしても、なんとみすぼらしい橋ではないか)

実に頼りない粗末な橋に見えた。ただ人が渡ることができればよい、というふうの橋である。

(この橋では長持ちはすまい。毎日、沢山の人が渡れば、たちまち壊れてしまうのではないか)

その行基の危惧は、一カ月後に現実のものとなった。今度は郡司の仕業ではなかった。河の上流に多くの雨が降り増水し、橋はあっけなく流されてしまったのである。

「いつもはもう少し持つのじゃが、今回は運が悪かったということじゃ」

と工事の長、楊広は平静である。

橋とはこういうものであり、流されたらまた造る、という思考が染みついているのだ。

「いや、これではダメじゃ。流されてはまた造る、流されてはまた造る、それではキリがない。

そんな遣り方では、これを利用する民は橋なぞ信用できぬ、と思いこんでしまうではないか」

行基は渋い顔である。

楊広は、なにをわからないことを言っているのか、といった調子で、

「じゃが、行基さま。これで充分、と満足している者たちもおるのですぞ」

「いや、いつ壊れてしまうのかわからぬという橋では、いざ、というときには役に立たなくなる。それでは渡し舟と、いささかも変わりがなかろう」

行基は原因を探っていた。

要するに工法の問題なのである。この橋造りは古からの技術を用いて、完成させたわけである。が、それでは安心して渡れる丈夫な橋を造ることはできないのだ。

「どうじゃ、楊広。これまでにない新たな技術で、橋を造ってみたいのじゃがな。それができる人間を知らぬか」

一瞬、楊広は、む、とした顔になった。自分の技術が否定されたことのように思い、反感を覚えたのであろう。

黙りこんでいるそんな楊広の肩を叩いて、行基は、

「なにも、そなたを工事の長から降ろそう、と考えておるわけではない。橋造りの作業を指導し、多くの労務者を率いることができるのは、そなたしかおるまい。それに、いままでにない画期的な橋を造れば、なによりもそなたの功績となるではないか」

そこまで言うと、楊広はやや顔面を和らげ、それからしばし考え、行基を横目で眺めた。

「われの知る者に、昨年、新羅から帰化した男がおるが、確かその者は故国で橋造りに携わっていた、と聞いておりまする」

「そうか。ならば、その者を訪ねて行こうではないか」

行基の動きは速い。

楊広からその技術者の住む家を教えてもらい、光信、景静を伴って行った。大和国菅原郡に住む呂俊《ろしゅん》という人物だった。

仏道に励む僧侶とあらば仏以外の者に対して、たとえ朝廷の重臣、天皇であっても頭を下げる必要はない。仏法に生きる者は、かならずしも王法のもとに生きているわけではない。けれど、行基は呂俊に対して、床に両手をついて叩頭した。それを見て、光信と景静もあわてて頭を下げた。

行基たちのその様を見て、呂俊は、

「手伝ってもよいが」

と、自分の報酬として、楊広よりも高い額を要求した。

「さような値をッ」

景静が複雑な顔になっている。

呂俊にその金額を払えば、今度は楊広のほうも、それ以上に上げざるを得ないことになる。

景静は、それを案じたのであろう。

「うむ。そなたがさように申すは、これまでにない、頑丈で立派な橋を造ることができる、という自信があるゆえなのじゃな」

「この国ではまだ見たことのないものを、造ってご覧に入れまする」

と呂俊は胸を反らした。

背は低く、それほど見てくれの良い男ではないが、おのれの技術に関しては絶対の自信を持っているように思えた。

結局、行基は二つ返事で、呂俊の要求を呑むことにしたのだった。


呂俊の新技術に基づく架橋は、まず橋脚の基礎の部分から造りが異なっていた。

旧来の工法では橋脚を造るのに、河の中間に浅瀬を探し、そこに溝柱を立て、これに横木を結びつける。

「この遣り方ではダメじゃ。これでは、すぐ水の勢いに負けてしまう」

と呂俊は指摘する。

「ならば、いかにするのか」

行基が問うと、

「横木を渡すのをやめ、かわりにかような形（Y字形）の柱を用いまする」

呂俊は返答し、

「それから、この河底の地盤は軟弱です。ちと強い水に襲われでもすれば、橋脚はすぐに浮いてしまいまする」

と新たな問題を提起した。

「ならば、いかにするのか」

「このような軟弱な河底には、割り石を敷きつめる遣り方を用います。それで地盤を強化いたしまする」

行基は呂俊がつぎつぎと示す新工法に感嘆した。同時にこの国の土木技術がいかに遅れているものであるか、それをしみじみと悟ったのだった。

呂俊は橋脚の基礎工事を、見事な采配で進めていった。

基礎の不同沈下《ふどうちんか》を防ぐため、丸太材を整地層の上に直角にならべた。

そして、その上に松の角材を、六角形になるよう組み上げ、水面からかなり高く橋脚台をこしらえた。さらに河底にある橋脚のまわりを、人頭大の多量の石でとりかこんだ。しかも、これまで用いていた橋脚の丸太を、ひとまわり太いものにし、本数も大幅に増加した。

「かような脚であれば、たとえ上流に大雨が降り、大水が起きようとも、橋が簡単に流されることはありませんな」

と、工事の長、楊広も、呂俊の新たな橋造りの見事さに驚嘆し、行基に興奮した口調で述べた。

「楊広よ。素晴らしい腕の持主を、よく見つけてくれたな」

行基も楊広に感謝をしたのだった。

橋の生命は橋脚であり、数脚を立てるには大変な労力と危険と長い時間を要する。

行基は毎日、工事の現場に顔を出し、進行の程度を見守るようにしている。

二本の橋脚までは順調であったが、三本目のとき事故が起きた。

その人身事故は、行基の目の前で起きたのである。橋を架けるすこし手前で河は湾曲し、水流の変化が生じる。気候の調子で、時折、鉄砲水のような現象が起きるのだ。

六人ほどの男が肩まで水に浸かり、橋脚の基礎の作業にとりかかっていた。と、その水流の攻撃に見舞われたのだ。あっという間に、五人の人間の姿が見えなくなってしまった。

「おいッ、流されたぞ。助けよ！」

「誰か、誰かッ」

組頭が叫び、信者たちから悲鳴があがった。

数人の男たちが、どっと流れに添って走りだした。

行基も、とっさに行動した。身をひるがえし流されていく労務者を追った。山岳修行で、岳から岳へと飛びまわって鍛えた足腰には、自信がある。

河岸の葦をものともせず、行基は駆けぬけ河に飛びこみ、水中でもがいている一人の男の腕をつかんだ。まだ細い身をしている若者で、泳げないため、いまにも沈んでしまう寸前だった。

「しっかとせよッ」

岸に引き上げ、若者の胸を手で押し揺さぶると、かれは口から水を吐きだしながら、うっと呻いた。

工事の長の楊広が、青い顔をして走り寄って来て、

「鳶麻呂《とびまろ》よ、大丈夫かッ」

と名を呼んだ。

楊広が特別に目をかけている若者だったのだ。

若者は日照りの害が村に及んだとき、両親をうしない、一人の妹を近隣の村の親族に預け、山野をさまよい、ほとんど飢え死にしそうな状態で行基の寺に転がりこんで来たのだった。

「この若いのは、大いに見どころのある奴なのです」

鳶麻呂は技術を覚えようと熱心に働き、きつい仕事も率先してやる若者であるという。楊広は鳶麻呂が助かったことに、安堵の吐息を漏らす。

「われがしっかと仕込み、いずれわれの跡を継ぐ者にしようと思っておりました」

鳶麻呂の意識がはっきりすると、楊広は、

「おい、鳶麻呂。おまえはこの行基さまに、助けられたのじゃぞ。おまえはな、一度、死にかけたのじゃ。行基さまから新たな命を授かったと思い、これからは死に物狂いで働くのじゃ

ぞ」

と鳶麻呂の肩を幾度も叩いた。

行基を見上げる若者の瞳から、幾筋もの涙が糸を引いた。

「行基さま、有り難うございまする。われはこの恩を生涯忘れはいたしませぬ」

若者にしては、きちんとした言葉で、行基に対する感謝の言葉を述べた。


結局、この事故で犠牲になったのは三名だった。が、そのことは労務に携わる者たちに恐怖感をもたらした。

かれらの指導者である私度僧たちが、いくら叱咤しても、

「あの河には、悪しき河の神がおわす。橋を造ることは許さぬ、とお怒りになっておられるのじゃ」

「いや、あの場所には、人の命を好む魔物が棲みついておるのじゃわ。これから幾人もの人の命を食らうつもりぞ」

と言って、橋脚を造る作業に入ろうとしない。

「いかがしたらよいものやら。われらがどれほど説得しても、信者たちは動こうとはいたしませぬ」

光信や景静までもが手を焼いて、行基のところに泣きついてきた。

この工事で死人が出たのは、初めてのことである。しかも、それが自分たちの親しい仲間であったことが、かれらに強烈な衝撃をもたらした。

信仰心に裏打ちをされた私度僧とは異なり、一般の信者は、おのれの身ほど大切なものはない、と考える。

行基のもとにやって来て、やっと飢餓死から逃れることができた。

それなのに、他のことで死んでしまっては、なんのためにここに来たのかわからない。あのような危険な作業をやらされるのは、大口の真神、狼の頭にまたがるようなものだ、と思っているのだ。

労務に携わる信者たちばかりか、楊広の指揮下にある技術者たちにまで、不安が高まっていた。

それを見て、行基は素早くある決断をした。

「われはこれから断食祈願をおこない、神仏に祈り、河にいる魔物を追い払うつもりぞ。ゆえに、もう危うい暴れ水に襲われるようなことはない」

かれらにそう告げ、現場で働く者の視界に入る位置に、簡易な草小屋を造らせた。そこで座禅、断食をし、深信祈念を凝らすことにしたのである。

断食行については、山岳修行のとき、しばしば実践した。水を一滴も呑まず、幾日堪えられるものか挑戦した。ここでの断食では、水だけは呑むつもりだった。河の中央部分の橋脚が完成するのには、それ相当の日数がかかるからだ。

鉄砲水が襲うのは、決まった場所だけで、そこを除けば心配はいらない。すくなくともあと四基の橋脚が立てば、危険な水域から外れることになろう。

「行基菩薩さまが見守っていてくださるそうじゃ」

「有り難や。それならば河の魔物に襲われることもあるまいて」

行基に対する信者たちの崇拝の度合いは、こういうときにこそ試されることになる。

誰もが行基の法力の加護を信じ、また労務に精をだすようになった。行基に助けられた鳶麻呂も、雨降りの日でも河に入り、肩まで水に漬かって重労働に従事している。

「行基さま、順調に作業が進んでおりまする」

光信が行基の身体を案じ、毎日のごとく報告にやって来る。

橋脚の工事指揮する楊広は、行基の断食祈願行を聞いて、現場の労務に励む信者の数を大幅に増やすことにした。一日も早く、危険な場所に立つ橋脚を仕上げよう、と決めたのである。

行基は黙然と石のごとく座している。断食を始めてまだ日が浅いので、充分、言葉を口にすることはできる。が、疲労を恐れて、なるべく口を開かないことにした。

行基が祈願の行をつづけているのを守護するのは、男の私度僧である。昼夜、二人ずつ交替で草小屋のそばに立って、行基に異変がないか警戒している。

そのうち、行基は気づいた。

男の私度僧以外に誰か別の人間が、いつも小屋のそばに詰めているのだ。ある日、茅で組んだ壁のあいだから、そっとのぞいて見た。

清信尼だった。

小屋の傍らに稲ムシロを敷いて座っている。その傍らには、清信尼が妹のように可愛がっている恵心尼が、心配そうな表情で立っていた。

行基は仕方なく、清信尼を呼んで、

「そなたはここで何をしておる。われの身を案じてのことなら無用のことぞ」

と告げると、

「はい、行基さま。われは案じてなぞおりませぬ。ただ行基さまと共に修行をしたい、そう思っているだけでありまする」

と眼を伏せた。

清信尼は自分の信じることとは、断固としてやり抜くという性分の持主である。行基の気遣いを無視し、雨が降ろうが風が吹こうが、毎日のようにやって来て、しかも、深夜までの長い時間、静かに座している。

(これは困ったものぞ。下手をすると、われよりか先に清信尼のほうが倒れてしまう)

光信にその心配を告げた。

「清信尼をやめさせよ。あの者には無理じゃ」

「わかりました。そのように伝えまする」

光信はさっそく清信尼に、

「ここには来ぬようになされ。行基さまも案じておられまするぞ」

と懇願した。

教団では先輩に当たる清信尼には、光信といえども遠慮があるのだ。

「なにを申されるや。われが行基さまの行を慕い、おのれの信仰を高めようと務めておるのです、そのことの何処が悪い、と申されまするや」

清信尼にそう反論されると、光信もさすがにそれ以上のことは言えなくなってしまった。

「申し訳ありませぬ。清信尼には、清信尼の修行の遣り方があると申して、愚僧の言葉など耳に入れようともいたしませせぬ」

光信は行基のまえに頭を垂れ、詫びた。

通常、断食をすると、特有の症状が出る。まず口中から水分がなくなってくると、舌がぬらぬらし喉がひりひりしてくる。

つぎに熱っぽくなり、意識も霞みがかかったようになる。悪寒が走り不眠の状態に陥る。胸部に針を突き刺す痛みを覚え、不快な気分になり、吐き気に悩まされる。

手足は細り頭髪は枯れ草同様になり、幻聴、幻覚に襲われ、得体の知れないものが立ち騒ぐようになる。そして、息がしだいに細まっていく。

だが、毎日、水を摂っていると、肉体の細胞はそれほど急速に衰えはしない。胃をきりきりと絞る空腹感の苦痛も、かなり穏やかのものになる。手足の動きが重くなり、徐々に空中に漂うような感覚だけが強くなっていく。

そして、あとはただ、生と死の狭間にあるような時間が、長くつづくのである。

光信が報告に来た。

「行基さま、橋脚は五基、立ちました。もうこのあたりで行のほうはよろしいか、と」

鉄砲水が発生する場所に立つ橋脚は、全部できあがった。断食祈願行を中止しても、この後の橋脚の工事は問題なく進行する、と言うのである。

「さようか」

行基はやっと言葉を発する。口を利くことが、なにか重労働のごとくに思えた。工事に携わる技術者、信者たちにも、もう動揺はない。

すっかり体力を消耗した行基は、私度僧に背負われて寺院に戻ることにした。

「ところで、……清信尼の具合は、……いかがか」

行基は途切れ途切れに、私度僧に尋ねた。

一度、断食中、激しい雨に見舞われたことがあった。そのときも、清信尼はやはり深夜まで残り、ムシロの上で雨に打たれながら座りつづけていた。

恵心尼が、

「清信尼さま、行基さまも仰せです。どうか、もう道場にお戻りください」

とどれほど懇願しても、

「行基さまも、いまお苦しみになっておられる。それなのに、どうしてわれだけが、行をやめることなぞできようか」

青くしぼんだような顔つきになっている清信尼は、恵心尼の言葉を撥ねつけ、頑として耳を貸そうとはしない。

そうやって横殴りの雨に打たれつづけ、ついに高熱を発し倒れてしまった。

第七章　社会起業家

行基は病に伏せている清信尼を見舞った。彼女は行基の断食祈願の途中、倒れてしまい、そして、それ以来、床から起きあがることができなくなってしまっていた。

介護には恵心尼が当たっている。

「こんなふうになるまでお励みなさるとは、清信尼さまはあまりにも無謀。お身体をいたわる気持なぞ、まるでお持ちではありませぬ」

恵心尼は涙ぐみ、行基に訴える。

清信尼の顔面は血の気がなく、幽鬼が通って来そうなふうである。それでも、清信尼は弱々しい笑みを浮かべ、行基を見つめる。

「行基さま、ご案じくださいますな。われは大丈夫でありますする」

「そなたには苦労ばかりかけるようじゃ。相済まぬな」

「なんの、われには修行も楽しみの一つなのです」

そう言う清信尼の顔面には、固い信念のようなものがある。

清信尼は貧窮の農民の両親のもとに育ち、幼い頃、租税の代償として郡司にその身を奪われようとした。それを行基が助け、彼女にその後の新たな暮らしを与えることができた。

清信尼が行基をひたすら敬愛し深く慕うのは、その特別な因縁があるゆえである。行基にとってもそれは同様で、彼女に対しては特別な親愛の情を覚えるのだ。

「すぐによくなりますので、われのことをご心配くださるのはおやめくだされ」

清信尼は多忙の身の行基を案じ、そんな言葉を口にする。

「いや。われはそなたが完全に癒えるまで、こうして確かめに参るつもりぞ」

行基がそう言うと、

「なにを申されまするや。お忙しい身の行基さまを、独り占めしておるように思われては、われも困ります。どうか、われのことなぞ失念し、いつもの仕事にお励みくだされ」

清信尼はか細い声で、行基に哀願する。

むろん、行基にはそんな彼女の言葉など耳に留めるつもりはない。教団の通常の業務は、光信や景静らが旗を振ってくれており、なんの心配もないのである。

「清信尼よ、そなたこそわれのことなぞ気にかけずともよいのじゃ。病を癒すことにだけ、心を用いよ」

「……」

清信尼の眼には涙が浮かんでいた。

行基は帰り際に清信尼の肉身に真気（マントラ）を注入し、その病状を考慮して適切な薬草と薬石を選び、恵心尼に介護に関する指示を与えたのだった。

昼は人が造り、夜は神が造る。ゆえに、朝から修羅となることもある。その日、突如、行基にとって予想だにしないことが起きたのだった。

皮肉なことに、もう見舞うのはやめてくれ、という清信尼の懇願を受け入れなければならない事態が生じたのである。

光信と景静が顔面を強張らせてやって来て、

「行基さま、まことに困ったことになりました」

と声をひそめた。

「いかがしたのじゃ？」

「はい。信者たちが……」

橋を建設する現場で働く信者たちが、作業に出て来なくなったのだという。一人減り、二人減りしていたが、ついには全員の者が作業を放棄するようになった。

光信と景静が必死になって説得したが、まったく効果がないのだという。

「こんな有り様になっては、橋の工事をやめねばならぬ。まったくとんでもないことになってしまった。もう橋の完成なぞ、とうてい無理のことぞ」

と景静が顔をしかめて言う。

「なにゆえなのじゃ。信者たちが、急に、さような態度をとるようになったは、いったいなにが原因ぞ？」

「はい。われが耳にしておるのは……」

と光信が説明したのは、信者たちと雇用している技術者との待遇のことだった。

同じきつい労働をしているのに、信者たちは一日一食で、しかも無報酬。これに対し、雇工の技術者は賃金（一日あたり十三文）をもらい、食事のほうは一日二食。

「そのことに不満が募ったのだと思いまする」

ああ、と行基は太い息を洩らす。おのれの方針の誤りに気づいたのである。

これまで、飢えて寄り集って来た者たちを、無条件に信者とし受け入れ、また僧侶としてきた。

その者たちは、そのことに大恩を感じているはずである。それゆえ命令さえすれば、かれらは黙って素直に従うはず、と行基は考えていた。

ところが、そうではない。かれらはかれらなりの信念の持主なのである。

行基は鋭く胸を抉《えぐ》られる心境になった。

「よし。信者たちに会ってみることにいたそう」

行基は光信と景静を伴い、寺院や布施屋をまわることにした。

まず現場から最も近くにある布施屋に出向いた。そこにいる信者たちも、全員、現場を放棄しているということだった。

布施屋のなかには三十人ほどの信者が、膝をかかえ座りこんでいる。一人の若者が、かれらに向かってなにか激しい調子で話しかけていた。

「どうか、ここにおらず橋造りの作業に出てくれッ。いまは大切な時なのだ。みながここでこうしていては、橋を造ることもできぬ。いまちとなのじゃ。どうか、力を貸してくれ！」

腕を振りあげ、懸命に信者たちを説得している若者の顔に、見覚えがあった。

鴬麻呂だった。橋の工事のとき、水に流され溺れそうになり、行基が生命を救った若者だった。

行基の顔を見ると、信者たちは顔を伏せた。申し訳ないという気持ちがあるようだ。が、腰をあげ、現場に戻ろうとする気配は、まるで見られなかった。

鴬麻呂を呼んで、事情を聞くことにした。

「鴬麻呂よ、信者たちはすっかり働く気をなくしておるようじゃ。あの者たちを、ふたたびその気にさせるには、いかにしたらよいと思うか」

そう行基が尋ねると、

「われにもわかりませぬ。どれほど話をしても黙りこんでいるばかりで、まるで動こうとはせぬのです」

鴬麻呂は哀しそうな眼になった。

自分と同じ境遇の仲間なのに、どうして、こんなふうになったのか、と戸惑っている。行基から新たな生命をもらったと考える鳶麻呂。橋を完成させることが、その行基に対する恩返しである、という使命感がかれにはある。

だが、この布施屋にいる信者たちには、そんな高尚なものはない。かれらの心にあるのは、ここに来て漸く飢えから免れることができた、という恩義だけなのである。

それだけでは人は動かないことを、行基は鮮明に意識した。

この慈悲善根の労働の意義について、かれらにしっかりと得心させる必要がある。これまでその教育を怠っていた。

朝廷より弾圧を受け布施行をやめ、事業をやることで民を救済することのほうに重きを置くことにしたが、その弊害が出てきていた。

理念のある教団から無思想の集団になってしまっている。信者の団体ではなく、たんに浮浪人の群れに近い状態になってしまっているのだ。

これでは魔霊たちに取り憑かれたとしても仕方がない。志や信念をもたない人間は、たちまちかれらの餌食になってしまう。

粗石を磨いて鏡を作るように、この者たちに真実なる義を説き、道心のある信者としなければならないのだ。

行基はうずくまっている信者のまえに立った。そして、

「われは、そなたらに詫びねばならぬ……」

と語りかけた。

「いま橋を架けるため、そなたらに働いてもらっておる。なぜ、そなたらに、かようなきつい仕事をしてもらっているのか。われはそのことを、そなたらに教えることを怠っておった。そのことについて、われは詫びねばならぬ」

行基の言葉を聞こうとして、信者たちはうつむいていた顔をあげ始めた。

「われらがこうして寄り集うのは、仏の道に励むためである。まず仏の教えを学び、それから僧となり布施行を成し、仏の道に精進するためである。ところが、朝廷の命により布施行をとめられ、修行を成すことができなくなってしまった。

そこで、この橋造りのことを考えたのじゃ。橋がないため、どれほど困っておる人がいることか。橋を造ることは多くの民を救うことになる。

つまり、橋を架けることは、仏の教えに基づく善行であり、仏道の修行なのじゃ。従って、そなたらがここで働くことは、たんに身体を使い力仕事をしているという、それだけのことではないのじゃ」

行基はそこで言葉を切り、信者たちを見渡す。かれらは食い入るような眼差しを、行基の方へ向けている。

「この毎日のきつい仕事は、滅罪生善の行業ぞ。つまり、指やヒジを焼いて衆生を教導し、布施行を成したことと、それとまったく変わらぬということぞ。

そなたらが一日働くことは、一日善き行いをすること。この善行の積み重ねが、来世で地獄に堕ちるのから救うことになるのじゃ。

こうして、厳しい働きをなせばなすほどに、おのれのみか、飢えて死んでしまった子や親兄弟の罪障まで滅ぼし、来世で善報が得られるようになる。どうか、このことを胸にしっかと刻み、心して毎日の善行、修行に務めてもらいたい……」

行基が話し終えると、多くの信者たちの表情には、敬虔なものが宿っているふうになった。

そして、この行基の説教の翌日から、布施屋にいた信者たちは徐々に、また橋造りの作業に戻るようになった。

ある日、行基が橋脚の作業の現場に出向くと、さっそく走り寄って来る者があった。布施屋で信者たちを説得していた鳶麻呂だった。

「行基さまのお蔭で、こうしてまた沢山の者が手伝ってくれるようになりました。まこと、有り難いことでありまする」

まるで神か仏でも仰ぐかの眼つきで行基を眺め、かれは興奮気味に言った。

「いや、これはわれの説教の力によるものではない。そなたの熱意に打たれたせいでもあろうぞ」

行基は鳶麻呂の肩を叩く。

現場の長、楊広の言のように、この鳶麻呂という若者は向上心があり、全身全霊で仕事に立ち向かっている。

「そなたはまだ歳が若いが、もう、信者たちを導くに足る、充分な才と熱意を持っておるようじゃ。これからも、苦しいことがあるじゃろうが、しっかと励んでもらいたい」

「はい、行基さま。われは橋造りに関しては誰よりも詳しく、誰よりも沢山の仕事ができるようになりたいと思いまする」

「そうか、そなたならやれるはずぞ」

「はい、行基さま」

眼を輝かせて鳶麻呂は答えた。

人間が輪廻転生し、まだ現世にもどってくるのは、霊魂・魂を進化、浄化させ、霊性を向上させるためである。そのために天（神）は人間に肉体を与え、寿命を与え、苦しみ悲しみ、喜びの体験をさせるようにしているのである。

この事件は、行基に強い意識改革をもたらした。

事業をやっていくのにただ人数だけを集め、理念、思想なくして、ただ働け、というだけでは長続きはしない。

一人一人の人間を、強固な信仰を所持する者に育てる。そのような人間になってこそ、辛い現場でしっかり働くことができるようになるのだ。

深い信仰心を確実に植えつけなければならない。この教育をおろそかにし、単に労働力を確保しようとしても、それは砂上楼閣に等しいことなのである。

これを悟った行基は、いまの事業だけの組織を二つに組み換えることにした。信仰教育と事業運営の、それぞれを担当する部門を作ったのだ。

いずれも等しく重要な部門である。信仰教育の責任者は光信とした。がっちりした体格で、大男のかれは、一見、現場向きのように見えるが、その実、精神細やかな人間で、人を教えることも上手だった。

もう一方の部門、事業運営のほうは景静とした。かれは厳しい仏道を志す修行僧の趣があるが、意外と性格も穏やかで、耳に逆らう言葉も厭わぬ太い根性があり、現場で頻繁に起こる難儀な出来事にも、かなり対処する能力があった。

信者たちの教育を開始した。

信仰に基づく労働の意義について、仏の教える善行について、その善行による霊格の向上のこと、その霊格が霊界、幽界における処遇につながることなど、徹底した教育をおこない洗脳することにした。

こうして、完全に教育を施してから、信者たちを工事の現場に送りだすことにした。労役に携わってからも定期的に再教育を施すべく、その時間を設けた。

現場の作業についても改善を実施した。

いままでは、疲れた者は自分で適当に判断し、休みをとっていた。それを月に一度、交替で休日を与えることにした。現場での労働は肉体の消耗が烈しいことから、工事現場に近い場所にいくつかの仮小屋を設け、工事のあいだ、そこに寝泊まりさせるようにした。

また、雇いの技術者と同様に、橋造りの重労働に従事する信者たちには、一日二食とした。

そして、それでも現場に行くのを嫌う人間については、三カ月くらいの期限を設け、教団から追放することにした。

たとえ信者だからといって、ぶらぶら遊んでいる者に、ただ飯を食べさせておくというわけにはいかない。それではたちまち食糧の貯えが尽きてしまう。


新しい工法による橋が、まもなく完成する。その時期になって、行基は清信尼が重篤になっているという連絡を受けた。

「なんとなッ。清信尼が危ういと！」

急いで彼女のもとに駆けつけた。

だが、間に合わなかった。清信尼は行基が訪れるのを待っていたかのように、その寸前、命の炎を消してしまった。

この世で大きな仕事を成し遂げたような、穏やかな死に顔だった。清信尼の病は行基の手でも癒しえない、運命のためにかかる運病だったのだ。

「何故、もっと早く知らせてくれなかった」

清信尼の介護をする恵心尼を叱った。

「清信尼さまから、きつくとめられておりました。行基さまは、いまは難儀なことで苦しんでおられる。われのことなぞで、面倒をかけてはならぬ、と」

恵心尼は喉から声を絞りだす。

行基も自分を激しく責めた。信者たちが現場の作業を放棄したことに振りまわされ、病に苦しむ清信尼のことに考えが及ぶことはなかったのだ。

「われも清信尼さまの跡を追って逝きたいと思いまする」

そう叫び、恵心尼は両腕を床に投げだし、激しく嗚咽した。

（清信尼よ、そなたは現世での努めは立派に果たした。それにしても、そなたとは深い縁であった。おそらくは前世からの縁であろう。霊人となって天上世界にいても、これから我がやることを、しっかと見守っていてくれるに違いない）

閉じた瞼から熱いものがしたたり落ちた。

その夜は、月に向かって吠える狼の遠吠えがことさら繁く、行基の哀しみをいっそう深いものにし、哀切な情が増すのだった。

野辺送りのとき、哭女《なきめ》を雇って大泣きに泣かせ、清信尼の魂に魔物が依り憑かぬよう、赤米を撒いて浄めた。

死後、人間の魂はしばらくの間、この世とあの世のあいだにある中有《ちゆうう》をさまよい、油断すると魔物の餌にされてしまう。

しかし、仏の道をひたすら進み、心身共に浄化されている彼女の霊魂は、ためらうことなく霊界への道を辿るに違いない。


率然として逝った清信尼は、行基に伝言を残していた。

寺や布施屋にいる信者の四割は女人である。彼女らの仕事は、一日一度の食事の世話、清掃などを主なものとしている。

布施行が盛んであった頃は私度僧が受け取る、その品々の管理の仕事などで、結構忙しかった。それが土木事業が中心の日々になったとたん、彼女らの手が空くようになった。

事業の工事は、これからも数が増えていく。そうなると、労役に携わる人手も、どんどん不足することになる。そこで現場の作業に出すのを男だけにはしないで、女人の信者も男と同様に外に出して働かせたらどうか、というのが清信尼の伝言の内容であった。

清信尼の提案は、実に的を射たものだった。

確かに現場の作業を男の信者だけに頼っていれば、おのずから事業の規模も限定されたものになる。それではこの教団が拡大し、飢えて苦しみ放浪する人々を、さらに受け入れることはできなくなる。

もし、女人の信者を加えて労働力を増すことができれば、作業の能率も上がり工事の現場も増やせるに違いない。

男は強きもので女は弱きもの、という先入観念を拭い去ることができないのが問題なのだ。

行基はさっそく光信と景静を呼び、女人の活用について指示を出した。

労務に就くまえに男の信者には、仏の教えに基づく労働の意義、善行とその御利生について、徹底した教育を施している。

「女人の信者にも、男と同様な遣り方をせよ」

と光信に命じた。

そして、教育を終え、信仰心に裏打ちされた女人の信者を、続々と現場に送りだした。

さすがに、河の激流のなかに入っての重労働をさせるようなことはできないが、資材の運搬、綱引き、男の作業の補助、その他の軽作業と、結構、幅広い範囲にわたっての仕事を割り当てることができた。

橋造りの作業は、目に見えてはかどるようになった。

「行基さま、まったく魂消《たまげ》ました。女人がこうまできつい作業をこなすとは……。中には男以上に働く者もありまする。それどころか、だらしのない男を見つけると、これ、しっかと働かぬか、と叱りつける女人までいるのです」

と行基に生命を救われ、現場の長の一人になっている鳶麻呂が、活発に動きまわる彼女たちの姿を眺めながら感心する。

女人の現場への参加は、その労働の成果ばかりではなく、他の意外な利益ももたらした。男たちばかりの現場では、なにかと争いごとが起きる。それが、女人が加わったことで雰囲気がなごみ、争い、喧嘩騒ぎがめっきり減ったのである。

「思いがけぬ効用がありましたな」

と景静も現場の空気が一変したことを評価していた。

行基が五十八歳の時、最初の橋が、ついに完成した。何処の地にも見られない頑丈な橋になった。

行基は十指を組んだ帰命《きみょう》の合掌をもって、最初の事業の成果となる橋を仰いだ。かれは天から託されたおのれの使命について、改めて意識する思いだった。

両岸の村人は収穫祭のハレの日のように米飯を焚き、全員総出で晴れ着をまとって踊った。

「行基さま、かような立派な橋をお造りいただき、感謝申し上げまする」

と里長は、行基に三拝、四拝した。

両岸の地の行き来が自由にできるようになって、まず田畑の耕作、物々交換の商いなどにも大きな利便をもたらした。

重要なことは橋が人と人の心を結ぶもの、ということである。両岸の村同士の往来が盛んになるにつれ、縁組が多くなり親戚も増え、暮らしを助けあう人の輪がひろがっていく。

そして、そのうち橋を利用する者は、村人ばかりか見知らぬ他人も混じるようになってきた。中には各地から都へ租税を運ぶ運脚夫も見られた。

かれらはいままでは、河の状態によっては渡ることができず、幾日も河岸で足止めをされ、そのために持参の食糧も尽き、悲惨な目に遭うことがあったのだ。

かれらは橋を利用するたびに、村に謝礼を置いていくようになった。

「橋は、まこと人々の暮らしを安楽にするものですなあ」

と景静。

「うむ。橋というものは、この世とあの世とを渡すものであるからな」

行基はそう答えた。

村は秋を迎えた。例年になく稲も豊かに稔った。

「刈りてな、刈りてな」

と村人たちは悦びの声をあげ、収穫の作業に汗を流す。

収穫の祭りは村の広場でおこなわれる。そこに天の御柱が立てられ、その横に稲籾がうず高く盛り上げられる。穀霊を宿す標山《しめやま》である。

夜になると篝火《かがりび》が焚かれ、酒がふるまわれ、大人も子供も輪になって踊る。神人偕楽《しんじんかいらく》の夜なのだ。

行基たちも招かれた。架橋の事業に携わった主な者を連れて、祭りに加わった。

「橋もでき稲も多くの収穫があり、このようなめでたい年は、いままでめったにないことであります る」

と里長は行基に深々と頭を下げた。

両岸の村の里長が、行基のもとを尋ねてきた。

「村々で話し合って参りましたのですが、行基さまとぜひご相談させていただきたいことがございまして」

「はて、何事かな」

「はい。実は……」

二人が言い出したのは、今度の架橋事業に対する報酬として、かなりの量の稲籾を村として提供したい。それと、毎年、一定量の稲籾を、今後の橋の修理、維持管理のための費用として支払いたい、というのである。

かれらはかれらなりに計算してきている。これまで村人たちが支払ってきた年間の舟の渡し賃の総額と同じ、あるいはそれよりも少額であるならば、橋を維持することのほうが遥かに有益である、と。

「それは有難い。それでは、われらはそれを布施として頂戴することにいたす。さすれば、そなたらは布施の功徳を得られることになるゆえ」

私度僧が村々をまわって布施行に励むことは、朝廷から禁止されたが、このような形で村人が進んで差し出すことには問題ないはずである。

「ほう、これをこの世での善行と認めてくださるのか。そのようになれば、村の者たちはどれほど嬉しく、有り難がることか。毎年、収穫を終えたら秋の稔りを喜び勇んで、お持ちいたしましょうぞ」

里長たちもすっかり気を良くし。さっそくこの善い話を村人に告げなければ、とそそくさと帰って行った。

山崎橋の建設のことは近隣の村々に知れ渡った。

他の村の里長たちが、行基のもとを訪ねて来るようになった。

「どうか、われらの河にも橋を架けていただけませぬか。つきましては、われらの橋もこの山崎橋と同様の条件で、お願いできれば、と」

里長たちは国府に出向いて、国司と話をつけてきたのだ。

かれらは、

「山崎橋の通行の様を、ご覧くだされ。橋を架けることによって、いかに租税を都へ運ぶことが容易になることか」

と国司に述べ立てた。

架橋を拒む郡司を説得するのに、これがいちばんの大義になるのではないか、と考えたのだ。

国府、国司の最も重要な役目は、各地の租税を速やかに、かつ順調に運搬させるということである。

「橋を架けることを妨げようとするのは、それはこの尊き朝廷の仕事を妨害するのと、同じことでありまする」

それは国司としての怠慢となり、朝廷から処罰を受けることにもなる。

里長が実績を押し立てて正論を述べるのに、国司も正面から異義を唱えることはできない。

行基もかれらを援護射撃する意味で、薬師寺にいる行達を通じ、藤原房前に、

「租税の運搬のために有益な橋の工事を進めよ」

とする詔を国府に出してくれるよう、依頼した。


行基は山崎橋を最初として、それから各所に架橋の事業に取り組んでいくことになる。

主なものとしては、山城国の泉大橋、摂津国の高橋大橋、長柄、中河、堀江など。土木事業に信者たちを動員し、事業の報酬として、毎年、一定量の稲籾を受け取る。

それでソーシャル・ビジネスとしての教団の事業収入を安定させ、野山を放浪する農民たちを救済し、信者の数をさらに増やせるようになった。

こうして、行基は架橋工事の成功から、道路、池、溝、樋、船息、堀へと土木事業を拡大するようになった。

社会起業家としての一歩を踏み出したのである。

そして、行基のやるさまざまな事業について、あれほど行基を嫌っていた長屋王からも禁止命令はなく、なんらの妨害行為もなかった。それどころか、むしろ、行基のやることを歓迎しているふうさえ見受けられた。

もともと仏教の布教に熱心な長屋王なのである。魔霊の支配力から逃れるすべも知っており、正常な神経を取り戻してきているのかもしれなかった。

第八章　新たな挑戦

行基が橋架の事業の次に取り組んだのは、造池の事業であった。水田を灌漑する池と溝（用水路）である。

わが国の最古のダム式溜め池の造成は、五世紀前半の履中《りちゅう》大王当時の磐余池《いわれいけ》である。複数の谷川の水を引き、南北六百メートル、東西約七百メートル、体積八七五百立方メートルの池であった。

また灌漑池の造成は、飛鳥時代、聖徳太子が積極的に実施した。倭国の高市、藤原、肩岡、菅原、河内国の戸苅、依網など、全部で九カ所に溜め池を造り、山背国には大溝をこしらえて新田開発を進めた。

班田収授制度に基づく口分田《くぶんでん》が、大幅に不足していることから、新田開発のための灌漑池、溝を築造することは、本来は朝廷がやるべき事業なのである。

ところが、各地の国司にはまるでその意欲、責任感がない。ある国司は三カ年間の池溝料、一万二千余の稲束を着服し、そのため農民は自腹を切って灌漑池の修繕に当たらなければならなかった。

また別の国司は魚を獲ろうとして、既に機能している灌漑池に大穴を開け、それで水が流出し田畑を水没させ、人家まで押し流した。

このような有り様なので、里長や農民たちは国府（朝廷）を頼ることもできず、自然災害に襲われないよう、ただひたすら祈るだけなのである。

だが、この一、二年、天空に異変が生じている。

その一つに日蝕があった。日蝕は日輪が疾病に罹った様態であり、毒が天から降り落ち井戸にフタをしておかなければならない、と信じられていた。

このような異変が現れると、かならず旱魃《かんばつ》の害に襲われるものだ、と里長や村の長老たちは噂しあっていた。

かれらが思うのは、数年前、養老六年（七二二年）の大旱魃のことであった。あの年は春から河の水が減り、夏になると猛烈な日照りがつづいた。

日照りがつづくと、雨乞いの儀式が行われることになる。都では大雲を起こし雨を呼ぶとされる大雲経を誦す法会がおこなわれ、村々では山の頂上に登り、幣帛《へいはく》を立て大きな焚き火をし、子牛の生贄《いけにえ》を捧げ天神地祇《てんじんちぎ》を祀う。

村の広場では村人が総出で輪になって踊り、古からの雨乞い歌を唱え、旱天に慈雨を待ち望んだ。

日輪の大神よ
雨たまえ
雨降ろしたまえ
白雲に雨なしよ
巻雲に水なしよ
かくも多くの民人が
祈願しおれば
雨たまえ
雨降ろしたまえ

それでも、一滴の雨も降らない。そこで、村人は村境に立っている石地蔵をつれて来て、荒縄でしばり川底に沈めることにする。人身御供の身代わりなのだ。

「よしか。石地蔵よ、よう聞け。雨水を降らせぬと、いつまでも川底に沈めておくからな。よしか、かならず雨水を降らせよッ」

そう脅迫して、川に沈める。むろん、石地蔵も川底から上げてもらいたい一心で、なんとか霊威を発動させ雨を降らそうと懸命になる。

が、石地蔵の努力も虚しく、やはり、毎日、陽が二つあるような日々がつづき、いつになっても雨水は落ちてこず、ついに石地蔵は暗い川底で、そのまま忘れ去られてしまう運命に見舞われるのだった。

村からは、まず家畜が消え、つぎに犬、猫が消え、山の樹木の皮や草ぐさが消え、そして、とうとう赤子、幼児まで姿を消してしまう。

この世が餓鬼地獄そのものとなったのだ。その壮絶な旱魃の記憶が、里長や長老たちをいつも震撼とさせるのである。

行基の生家、家原寺のある和泉国、大鳥郡。その茨城村の里長が、ある日、一袋の稲籾を持って行基のもとを訪ねて来た。

「行基さま、どうか、われらをお助けくだされ」

大きな灌漑池を造ってくれ、と言う。和泉国はもともと良田が少なく土地が痩せており、用水の確保がなければ稲の収穫は難しい。

「われらが案じておるのは、また日照りがつづくことあれば、たちまちあのような悲惨な年と、同じ状況になるということ。旱魃の害から逃れるには大きな堤（池）を造る以外に、他に方法はないのです。どうか、われらをお助けくだされ」

橋を造れるのであれば池も同じように造れる、と考えている。かれらには架橋も造池も、同じ土木事業にしか思えないのだ。

行基はかれらの切実な要望を聞いて、そのことを景静に伝えると、

「ならば、楊広と相談してみることにいたしまする」

とさっそく技術者をまとめる楊広と相談し、かれの返答を持ってきた。

「楊広の話だと、一度、池造りに加わったこともあるそうで、自分ならばできる、とそう申しておりました」

楊広は奮い立ち、ぜひこの自分を頭にして工事をやらせてもらいたい、と景静の衣を離さなかったという。

楊広がそこまでやる気になったのは、新たに雇った架橋の専門技術者の呂俊がいるせいなのである。

楊広は架橋事業の総責任者ということになっているが、工事作業の指示は、ほとんど呂俊から出ている。つまり、現場では浮いた存在になっている。

架橋の工事のほうは、これからは呂俊が主役であり、もう自分の出番はない、と観念したのだろう。

「さようか、楊広は、それほど懸命であったか」

「はい。まるで人が変わったようになりましてな」

と景静は眼を細めていた。

茨城の地の水田は洪積台地上にある。そこを流れる川の水量は少なく、しかも、その流路は六尺以上も水田の下にあるため、灌漑用水として供給することには無理がある。

そのため田に取り入れる水は、球状につらなる小池からのもので、日照りが重なると、たちまち水不足となるのだ。

里長の要望は、この段丘上の条理制の既存の水田のみでなく、今後、開発する新田にまで用水を得たい、というものだった。

行基は、さっそく景静と楊広を連れて、現地に出向いてみた。そこには面積は小さいが、畦《けい》畔《はん》と水路で方格状にきちんと区分けされた条理水田があった。一枚の田は、長さ三十歩、幅十二歩の一段を最少単位とする区画である。

しかし、前方には未開拓の野が広がり、灌漑さえ満足にできるならば、さらに水田の面積を増やすことも可能である。

「どうじゃ、楊広。この地のすべての田を潤すような大池を造ってもらいたい、という願いなのじゃ。できるであろうな？」

「行基さま、ご安心くだされ。池というものは橋造りのごとき複雑な工事とは異なり、わけのないものです」

髭面の楊広は自信たっぷりである。その様を見て、景静も満足そうな眼になった。

「ただ、橋造りの場合よりか、遥かに多くの人数が必要になります。それが難儀なことですが」

と楊広。

架橋には資材と労働力の二つを要する。その点、造池のほうは、橋ほどの多くの資材は必要としないが、そのかわり労働力は倍以上かかる、と楊広は言う。

数百万立方の水を貯える、本格的な貯水池の造成ともなれば大工事である。いくら橋造りに熟練するようになったとはいえ、果たしてこの最初の工事を、楊広が立派に成し遂げることができるものであろうか。

(一抹の不安はあるが、いまは老熟した楊広の手腕に頼るしかない)

行基はそのように考えたのである。


造池の工事に入る前、信者たちが現場に通うのに便利な場所に、寺院と仮小屋を建てる必要があった。寺院造りも手慣れたもので、たちまちのうちに峰田寺ができあがった。

しかし、建物はできあがったものの造池工事に携わる信者たちが、いっこうに姿を現さない。景静と光信の意見が対立し、造池の現場に送り込む信者の数が決まらないのだ。

(またあの二人の争いか)

行基は眉をしかめた。

山崎橋が完成して以来、つぎつぎと新たな橋の工事が実施され、漸く架橋事業も軌道に乗り、それに伴い教団が受け取る事業収入(布施)も安定してきた。

それなのに、今度は景静と光信が、なにかにつけ言い争いをするようになった。聞いてみると、それは作業現場から逃げだす信者が、近頃、出てきているからとのことであった。

景静は、

「寺でしっかと信仰心を植えつけぬがゆえなのじゃ。教導がおろそかになっておる」

と主張し、これに対し光信のほうは、

「なにを申すや。現場での人の使い方にこそ問題があるのじゃ」

と反駁し、張り合うようになった。

二人がこうなったのも、布施行を廃止し土木事業を始めたがゆえである。かれらが置かれた立場からして、こうなるのも必然といえば必然といえる。

景静が外の事業のほうを受け持ち、光信は教団内部の管理や信者の教導を担当することになった。そのことが、しだいに二人の存在を光と影のごとくにしてしまっている。

橋を架けると、村人たちの賞讃を浴びるのは、常に景静のほうになる。その工事をやる信者を、強靭な心を持つ労務者に育てようと、その教導にあたる光信のほうは、どうしても陽が当たらなくなる。

行基が景静と光信の三人で連れ立って歩くと、村人たちは行基と景静に深々と頭を下げるが、光信にはじろっとした眼を向けるだけだった。

当然のことながら、そのときの光信は不服そうな顔になった。現場での荒っぽい人使いになれている景静は、そんな光信の心情を斟酌するふうもない。

だが、光信の心境を気遣う行基は、時折、

「わが教団の信者は怠け心を起こさず、みな一生懸命になって働いてくれておる。光信よ、これもみな、そなたの教導のたまものぞ」

と声をかけるようにしてきた。

(いかにしても、景静と光信との対立を鎮めねばならぬ)

そう考え、行基は二人の動きを見守っていた。

だが、行基の危惧にもかかわらず、ついに光信の不満が爆発してしまった。

教団を率いる二人の指導者、景静と光信が対立するということは、ひどく深刻な問題である。かれらの下には、玄基、首勇、崇道、真成などの幹部の僧たちがついており、二人の対立は、そのまま幹部同士の対立となる危険性を孕んでいる。

いままで教団は一枚岩でやってきた。その組織に、いまヒビ割れが生じそうな気配なのである。

仏の教えを尊ぶ信者の集団であっても、ひとつの部分に亀裂が入ると、それが致命傷になる危険性がある。

灌漑池には谷の下流に貯水池をこしらえ、川をせきとめる谷池と、貯水池をまわりでかこみ底部を掘り下げて造る皿池とがある。皿池には取水と排出の施設を備える。

取水施設は二つ割りした原木に溝をつけ、それを重ねあわせた堅樋《たてどい》とする。満水になったときに水を逃がす装置は、溜め池の一部に溝を掘り余水吐《よすいばき》を設ける。

茨城池は皿池の形式である。東側は杉林の山林で、その反対側にゆるく曲線を描く堤防を造ることになる。

大地を鍬や鋤で手掘りし、その土をモッコで運ぶ。開削のきつい作業は男が担当し、モッコを担ぐ役はもっぱら女である。

ひたすら地に広く深く穴を掘り、その底を多くの人間で踏み固め、日毎に巨大な穴ができあがっていく。

その掘り作業で得た土に山の赤土を混ぜ、穴のまわりに盛り上げ、さらにそれを突き棒で突き締め築堤とする。堤の高さは六尺近く、長さは百歩以上にもなる。

楊広は立派に造池の采配をふるっていた。

「初めてにしては、工事のほうはうまくいっております。楊広の腕はたいしたものです」

景静も順調な作業の進捗に頬をほころばせる。景静も景静なりに、楊広の造池の技術に不安を覚えていたのである。

「うむ。どうやら大丈夫のようじゃな」

行基も安堵の思いである。

工事は進み、いよいよ最後の作業をおこなう段階になった。堤は両側から築き、中央の部分は水の道として開けておく。水の道を閉ざすと、溜め池に水が溜まるという寸法だ。残しておいた部分を締め切るには、大量の人間を動員し、数日間のうちに一挙にやってしまわなければならない。

この最終作業のためには数が足りないとして、景静は架橋に携わっている信者たちも連れてきた。

「水を堰《せき》とめるのを、人の力でやるのは大事なのじゃ」

集まって来た人数を眺めつつ、楊広は上気した顔になっている。自分の手で、とうとう最終の工事にまで辿り着いたという充足感が、その表情に滲み出ていた。

「うむ。よくここまで仕上げたものぞ」

景静がそう褒めると、楊広は鼻をぴくぴくさせた。

「かかれッ、それッ」

という楊広の合図をもって、信者たちが一斉に作業にとりかかった。

築堤が完成し水を通すと、貯水池のなかに水流が渦巻き、みるみるうちに量が増していく。

「おお、見事なものぞ」

水が土穴を埋め、満水になっていく様子を眺めて、行基も感嘆の声を放った。造池の事業が初めて成功したことに、やはり、行基も興奮を抑えられない。

村人たちもこの様子を見物に来て、大きな喚声をあげていた。これで安心して田作りができ、収穫も増えるに違いない、という喜びに手を振り踊りだす者もいた。

やがて、貯水池は満々たる水を湛えるようになった。夜、池の堤の上に立つと、水面に映る月影が美しく恍惚となるほどだった。

茨城池ができあがった七日目の深夜、突如、強い雨が築堤に降りそそいだ。

それは突然のことであった。堤防の一部が池の水の圧力に耐えきれず決壊し、あっという間に周囲の田畑を水びたしにしてしまった。溜め池には三分の一の水しか残っていない。

「土手の造り方に問題があるのじゃ」

景静はそう指摘し、楊広に築堤の修復を命じた。その作業は、それほど困難なものではなく、これまで以上にていねいに突き固めることで終了した。

だが、それでも水の圧力を支えきれず、また同じ箇所が破れ、水の流出が始まったのだった。

再度の修復工事が再開されるまえに、行基の耳にある噂が入った。

「同じ場所が二度も崩れるのは、これは魔物が憑いている証しぞ、こういう場合は、人柱を立てよ、ということじゃ」

村の長老たちが、人身御供の必要性を説いて楊広を責め、かれもその気になっているようだという。

行基は景静を呼び、そのことの真実を問い質した。

「まあ、さような話もあるようですが、戯け者どもの考えでありまする」

景静も呆れたといったふうである。

「そうじゃ。人を生贄にすることなぞ愚なことぞ」

河川の築堤工事が難航し、人柱を立てて漸く造り終えたという話は、よく聞くことではある。しかし、なんとしても築堤をふたたび修復する必要がある。それには、もっと水の圧力に耐え得る頑丈なものにしなければならない。

「あとをよろしく頼むぞ」

行基は工事の状況をしっかり見守るように、と景静に念を押し、摂津国の寺院に出かけることにした。もう数カ月前からその地の信者たちが行基の到来を待ち望んでいたのである。

築堤の再修復も無事に終わり、茨城池はまた満水の状態となり、今度は完全であろう、とそう信じ、一カ月後、行基は摂津国から帰って来た。

確かに、見ると簡単には堤は破れぬようであった。だが、驚いたことにその修復の工事には女人を人身御供に立てた、というのだ。

「なんと、人柱じゃと！」

行基は景静に思わず大声をあげた。

あれほどやってはならぬ、と厳命しておいたはずなのに、と行基の怒りは収まらない。

「どんな女人が人身御供になったというのかッ」

「……」

景静はもじもじしている。

「誰じゃ、何処の女人じゃッ」

景静がやっと答える。

「はい。実は恵心尼なのです」

「なんと、恵心尼じゃと！」

行基は心が凍てつく思いになった。

亡くなった清信尼が妹のごとく愛していた、あの恵心尼が人柱にされたのか……。

息をひきとった清信尼の傍らで、肩をふるわせて泣き崩れていた彼女の姿が、彷彿としてきた。

それに恵心尼は、いまは行基の身のまわりの世話をする一人でもあった。

「光信も、そのことを知っておるのか」

「はい。むろんのこと。人身御供に誰を選ぶかについても、光信がその名を指名してきたのです。愚僧は反対したのですが、村の長老たちも光信の言うことに賛同して……」

光信の名が出ると、景静は急に声を荒らげた。

人柱を埋めたという現場に出向くと、その箇所には一本の梅の木が植えられてあった。これが恵心尼の身代わりなのである。

恵心尼まで死なせてしまった、と行基は天を仰ぎ、亡くなった清信尼に、申し訳ない気持で胸が苦しくなった。


光信が常に居住するのは、和泉国の清浄士院である。そこが教団の信者を教導する総本部のごとくになっていた。

行基は光信に会いに行くことにした。

茨城池の築造が成り、村人たちは、

「このたびの修繕で、もう土手が切れることはあるまい。なにせ、若き尼僧が人柱になってくれたのじゃからのう」

と喜んでいた。

この造池の成功は、人身御供の犠牲がなければ有り得なかった、と村人たちは、そう堅く信じているのだ。

(光信は、何故に恵心尼をとめようとしなかったのか)

以前の光信であるならば、絶対にそのような恵心尼の行動を阻止していたはずなのである。

(やはり、功名心に負けたのか)

初めての造池の事業の成功、その栄冠を景静に奪われてはならぬ、と光信は考えたのか。常におのれは裏方にある、という光信の劣等意識が作用したことなのか。

行基には光信の心境が理解できなかった。

行基は寺院の奥の室で光信と会った。

「光信よ。われが何故、ここに参ったか、わかっておろうな」

「はい。行基さま」

と光信は行基の視線にたじろぐことなく、顔をまっすぐに向けた。

「そなた、何故に、恵心尼をとめようとしなかったのか」

「とめる気なぞありませなんだ」

「なんじゃと、それはいかなる意ぞ？」

「はい。恵心尼は、かく申しておりました」

茨城池の事業の成否は、今後の教団の発展に直結するのみでなく、行基の威信にも大きく影響することである。

そのような重大事な事業に、わが身、生命を投じ、貢献することは、自分の信仰の証しとも成り得るもの、恵心尼は、そう述べたという。

「恵心尼の成しごとは、まさに究極の信仰の成果であり、捨身行でありまする。勝鬘経《しょうまんきょう》で説く、身、命、財を捨て、一切の衆生を供養し、衆生を教化し、衆生を救済するという、あの教えを実践したのです。

死をまるで恐れることなく、極楽浄土への道を辿るがごときの心境になっている恵心尼に、なにを説法できまするや。さような恵心尼の尊い決心を、いかにしてとめることなぞできまするや」

と光信はいっきに言う。

「われは僧たちの捨身行を禁じておる。いまは、さような行為を為すときではない、と申し渡しておいたはずぞ。そなたも、それは承知しておったではないか」

と行基も鋭い言葉で返す。

確かに他者のための犠牲的な自死には情状酌量の余地があるものの、天（神）は人間に寿命を完全に全うすることを強く求めているのだ。

それはその人間の霊魂・魂を進化させるため、浄化を進行するために、どうしても必要とする時間なのである。

「むろん、行基さまのご指示は承知しておりました。じゃが、行基さまは、いまの教団の信者の有り様を、いかに思し召すや。

仏道に励む者として、かく有り様を正しき姿となされますか。いいや、そうは思われますまい。ひたすら仏の教えを慕い、信仰の道に身を焼いたあのわれらが信者は、いったい何処に行ったのでありまするやッ」

光信は不借身命《ふしゃくしんみょう》の求道心を持つがごとく、舌鋒《ぜっぽう》鋭く迫る。

「……」

朝廷から猛烈な弾圧を受け、仏道修行を重んじることから、貧民救済を目的とするソーシャル・ビジネスの事業運営へと、教団は大きく舵を切った。

そのことによって、仏道修行に不熱心な信者が多くなってきている。それを鋭く突く光信の言葉は、確かに行基にとっても重いものではある。

「貧しき、飢えた民を救うことは、大切やもしれぬ。じゃが、信仰を尊ばぬ信者ばかりこしらえることが、この教団の在り方であろうか。この辺りで、教団の原点に還るべきなのではありますまいか」

と光信の眼には必死なものがある。

「そなたの申すとおり、近頃、仏道に対する信者たちの熱意には、翳りが見えておるようじゃ。じゃが、そのことはわかるが、だからと申して生命を棄てるほどの過激な捨身行は、絶対に認めはせぬぞ。この世に与えられた生命を全うすることこそ、仏の道に従うというものぞ」

行基も鋭い声を出す。

「されど、行基さま。恵心尼はまさに信仰のカガミ、あの捨身があったればこそ池造りの事業が成功し、信者たちは篤い信仰心を取り戻すことができたのです」

恵心尼の死は仏の栄光につつまれた尊い死、すべての信者の罪を背負って果てた殉教である、と言う。

殉教とは、おのれの信仰の意志と決意を示すことである。そして、そのような気高い自死があってこそ、信者たちの持つ仏性は呼び覚まされ、教団の真価を高め正道へと回帰できるのだ、と光信は述べ立てる。

「教団は、仏の道を辿る信仰の集団であって、決して橋や池の工事に人数を出すだけの、さような汚らわしき集団であってはならぬ。これはまさに本末転倒、仏の道に外れることでありまする」

「そなたは、橋や池造りの事業をすることは汚らわしいもの、と申すのか」

この事業を成すことは救民を念願とする慈悲の道を辿ることでもある。光信は、そのことを曲解しているのではないか。

「いいや、そのこと自体を咎めているのではありませぬ。じゃが、そのことばかりが優先されていて、仏道修行への熱意がまったくうしなわれている。そのことを問題にしているのです」

「じゃがな、こうやって事業をおこなわねば、実際に飢えた者たちの命を救ってやることができぬではないか。飢えてこの世をさまようあの者たちを、われらが救ってやらねば、いったい誰が救うというのじゃ」

「いや、もう、それもほどほどにせねばなりませぬ。事業で得られずとも、また僧たちの布施行によって財を求めればよいではありませぬか」

「布施行をやれば僧たちはまた獄につながれ、杖に打たれて死んでゆくことになる」

「じゃが、この教団の僧たちは人柱となった恵心尼のごとく、信仰のためならば喜んで死んでゆきまする。そういうまことの僧もおるのです。教団は厳しき迫害を受けてこそ衰退するのではなく、かえって栄えゆくものなのではありますまいか」

「……」

「布教することで大きな災難に遭うということは、仏も説くところ。それを恐れていては、仏の道を歩むことなぞできませぬ」

光信の物言いには、確固たるものがあった。だが、行基も道心堅固、おのれの信念には揺るがぬものがある。

信仰に篤い信者を育てることも大切であるが、民の生命を護り抜くことも同じほど重要なのである。

（行基よ、善鬼神《ぜんきしん》たれ！）

そう叫ぶ声が、かれの胸内に聞こえるのだ。

仏教を護る善鬼神には、悪を為す鬼神の魂と、善を為す高僧の魂とが混在している。そのいずれかの魂が、時と場を選んで発動するのである。

いまの行基には、布教と事業のこの二つが大切であり、甘露の門はその方向にこそある、と考えられるのだ。

行基は光信を見据える。

「とにあれ、光信よ。いま一度、そなたに申しわたす」

「……」

「決して、人柱の捨身行なぞおこなってはならぬ。わが教団は、人の牛命を救うことこそ本願ぞ、人の生命を棄てさせることなぞにはあらずッ」

行基は毅然として、そう告げた。

しかし、光信は不服そうに口をすぼめ、肩を揺らしていた。


村人たちの必死な願いにもかかわらず、やはり茨城池はその期待に応えることはできなかった。人身御供の犠牲も虚しく、二カ月もしないうちに堤は、いくつかの箇所に大きな水穴が開き、溜め池の水はあらかた流出してしまった。

「ああ、なんたることか。これはいかにしたことぞ。直せども直せども、また水は漏れてしまう。この場所に池を造ることは無理なのではないか。きっと恐ろしい魔物がおるに違いない」

大穴の残害のような池の状態を眺めながら、村人は囁きあっていた。

行基は行動を起こさないわけにはいかなくなった。このまま楊広にまたやらせては、同じ結果を招くに違いない。

「こうなったら池造りの工事に巧みな者を見つけ、やり直すしかあるまい」

そう景静に相談すると、かれも即座に同意した。

行基が眼をつけたのは、秦氏と土師《はじ》氏である。

渡来系の秦氏は、聖徳太子の片腕となった秦河勝、という有力な人物を輩出している氏族である。山背国太秦の地を本拠とし、暴れ川で有名な桂川に大堰を造り、その右岸に水路を開いて、田畑の開拓を実現したことで知られている。

土師氏は仁徳天皇より土師連の姓を与えられ、古墳造りでは最高の技術を有し、その方面では名を鳴らした氏族。陵墓造営に従事し、土木工営を得意としている。

行基は景静と共に、その二つの氏族から土工事の専門技術者を求めようと、かれらの居住地に足を運んだ。

案に相違して事は順調に運んだ。思った以上に行基たちの教団の実施している事業が、評判になっていたのである。

「これは行基さまか。橋などを造られて、貧しき人々を救っておられるそうですね」

と行く先々で、敬意をもって迎えられた。

交渉の末、秦氏と土師氏から、六人もの優れた技術者が来てくれることになった。しかも、その中から入信する者も現れ、延豊（秦氏）、法義（土師氏）の法名を与えた。

かれらを茨城池の現場に案内すると、水の抜けた池を見て、

「ああ、これは池の土をこしらえたことのない者がやりましたな」

と笑った。

築堤が素人の手になるものと見抜いたかれらは、ただちに築堤の造り直しに着手した。

「ほう、土の中身から変えるのか」

景静が感心したのは、築堤の土の内容を新たなものにしたからであった。

止水効果をあげるため、粘土質の土と普通のものとの成分を、一定のものにし、盛土のあいだには木の小枝や木の葉を挟みこむ。

排水部は木柱を立て、両側には矢板状に板をたてかけ、水の侵蝕を防ぐため地面に川原石を並べた。

修理材に用いるため、堤には楡と柳の木を植える。人柱となった恵心尼の梅の木だけが、ぽつんと一本、目立った。

この池の工事の総責任者だった楊広は、新しい遣り方で、てきぱきと作業を進めるそんなかれらの姿を、ただ眺めているしかなかった。そして、突然、行基と景静のところにやって来た。

「われはもう要らぬようですな。身を引かしてもらってもよろしいか」

脅かしめいた口調だったが、表情は哀願するふうだった。

楊広は教団が初めて土木事業に取り組んだとき、最初に技術の指導者として参加してくれた人間である。

その意味では、功労のある人物ともいえた。だが、もう楊広の活躍できる場所は、何処にもないようだった。

「そなたは、いままでよくやってくれた。そなたの気持のままにするがよかろう」

行基がそう告げると、やめないよう自分を押しとどめてくれると思っていたらしく、楊広は驚いた顔になった。

「わかった。ならば、そうさせてもらうからな」

楊広は恨めしそうに言った。

十日後、楊広は行基のもとを去って行った。

ふたたび長い工事を終えて新たな池ができあがると、幅四歩、深さ四尺の新たな溝（用水路）を造り、既存の田への配水を工夫し、さらに新田開発のために延長することにした。

里長たちが訪れ、

「行基さま、これからのことでお話をさせてくだされ」

と床に両手をついた。

行基は景静と二人して、かれらの話を聞いた。

新田開発と造池に対する報酬のことであった。造池工事に対する報酬と、用水路を含めた維持管理の費用として、架橋事業のときと同様に、毎年、稲の収穫後、一定の量の稲籾で支払いたい、という申し出であった。

むろん、行基の教団は、これを村人の善行の証し、布施として受領することにした。

行基の教団の事業収入は、これで架橋と造池の二本の柱となった。財が増えるということは、さらに飢えて路頭に迷う人々を多く救えるということである。

「ところで新田の開発についての、お願いでありまするが……」

と里長が持ちだしたのは、村人だけでは手が足りないので、信者たちの応援を得たいということであった。行基は即座に承諾した。水田の規模が広がれば、それだけ教団の収入も増えることになる。

朝廷は新田開発を奨励するために、五年ほど前、良田百万町を増やすべく詔を発し、三代所有を許す三世一身法を制定した。国からの補助もおこない、国司、郡司に事業の実施を督促した。

そうやって班田収授で不足する口分田を、なんとか増やそうと目論んだのである。

だが、実際は豪族や寺院のみ、その特典の恩恵に与かり、土地台帳に登録されない隠し田が増えるだけだった。新田開発をやれる農民は少なく、本来の目的は頓挫した格好になっていた。

従って、農民たちが主体の茨城の地の新田開発は、朝廷も大いに歓迎するはずであった。

「池をお造りいただいたお蔭で水の運びもよくなり、この辺りのすべての田は、上田とまではゆきませぬが、それでも、かなりの収量がとれる田になりまする」

と里長は頬をゆるませる。

上田になると、一反の穫稲は五十束が相場。一束は米、二升三勺になる。茨城池は農作の経営を安定させ、村人の暮らしを豊かなものとするに違いなかった。

この茨城池を手始めに、鶴田池、狭山池、崑陽池、久保田池など、行基は各国に十五カ所の大小の池を築造し、それに伴う新田開発にも携わっていくことになる。

茨城池の堤に植えられた人身御供の身代わりの梅の木には、毎年のように実がついた。が、それには半分しか果肉がなく、農民たちに、

「池の片梅」

と呼ばれるようになった。

第九章　生死一如

行基は耳を疑った。政権の首座にあった左大臣、長屋王が、突如、天皇への謀叛の罪に問われ、その屋敷を軍勢に包囲されたのだ。政権の動揺は、行基の教団にも大きく響く。謀叛の罪は呪詛に依るものとされた。

髑髏の眼孔に天皇の髪を射しこみ、それを荒籠に入れ、この竹の葉の萎えるがごとく、この石の沈むがごとく病に沈み臥せ、と呪詛するのである。

長屋王も最初、魔霊に憑かれ、藤原不比等と同様に民に対する苛烈な施政をおこなった。けれど、仏教の熱心な信仰者であるかれは、しだいに民への慈悲を示す政治を執るようになってきた。

皇族派と藤原氏とが烈しく対立していたことは、行基も熟知している。ついに、その戦いは藤原氏の全面勝利で決着した。

長屋王はいっさい抗弁することなく、従容《しょうよう》として死に赴いたのだった。

妻子たちも、かれのあとにつづき縊死《いし》を遂げた。天平元年（七二九年）、行基の六十二歳の年であった。

藤原武智麻呂が左大臣となり、行基の事業に好意的な房前など、藤原氏の四兄弟で政権を固め、妹の光明子《こうみょうし》を聖武《しょうむ》天皇の皇后に立てた。

民間出身の皇后は初めてで、従来の伝統的な定めを無視してのことであった。

「光明皇后は、民を救済することに命を懸けておられる行基さまに好意を抱いておられまする」

と行達から知らせてきた。

皇后は僧綱所にいる行達に相談を持ちかけ、東大寺に貧民に施しをする施設の悲田院、病人を癒すための施薬院を設置することにしたのだという。

聖徳太子も、創建した四天王寺に菩薩の慈悲を示す社会的な救済施設として、悲田院、敬田院、療病院、施薬院を設けた。

光明皇后は、この太子の事業にならったのだろうが、その直接の動機は行基が布施屋や寺院をこしらえ、飢えて苦しむ民を救済しようとしているのを知ったからでもあった。

そのことは、行達が後日、

「ぜひ、一度、行基さまにお目にかかりたい、と皇后は望んでおられまする。そうして、でき得るならば、大衆から菩薩とあがめられておられる行基さまに教えを乞いたい、とまで仰せになっておられまする」

そう言う行達の眼の色には、晴れがましいものがあった。

そのような光明皇后であれば、あるいは藤原房前以上に、行基に助力してくれるかもしれない。信仰心の篤い光明皇后は、仏の加護もあって魔霊たちにまだ憑依されてはいないようだった。

そのうち、光明皇后の霊妙不可思議な話が流れてきた。

皇后が宮殿を歩いていると、突然、空中で、

「皇后よ、捨身苦意の行を為せ」

という仏の声があった。

そこで、皇后は温泉の浴室に入り、貴賤を問わず千人の垢を落とすべく誓願を立てた。その千人目は癩病の患者だった。

それでも、皇后は、その者の垢を取り膿を吸いだし、誓願成就を果たした。すると、なんと、癩病の患者は火光を放ち異香を四方に薫じて、忽然と消えうせてしまった、という。

そのようなエピソードは、皇后が魔霊に対し、強い抵抗力を持っていることを証明するものでもあった。

その話を伝えに来て、行達は、

「皇后は行基どのに負けるものか、と奮い立っておられるのです」

と笑みを洩らしていた。

ある日、光信が、教団に新しく入信した一人の人物を連れて来た。歩くその姿に風格があっ

た。

「この方は大鳥郡の大領《だいりょう》です」

大領という職名は、大宝令に定めた郡司における最高の地位である。朝廷の官吏が入信してきたのは、これが初めてのことだった。

「日下部《くさかべ》首麻呂と申しまする」

と行基に深々と叩頭した。

「この日下部どのは、まことの仏の教えに目覚められた、と申しておりまする」

と光信。

行基は濁世に身を置いて、衆生の教化に努めている。それに対し、官寺の僧はさまざまな儀式にのみこだわり、仏法のための仏法を尊重し、常にその視線は衆生ではなく朝廷のほうに向けられている。

「いずれが仏の御心に叶うものか、これは明白でありまする。われは心を改め、仏の正しい道に精進したいと考えておりまする」

日下部がそう言うと、光信がつづけた。

「わが教団の仏道修行、信仰の在り方に、日下部どのが大いに感銘を受けた、ということなのです。行基さま、このことは深く考えねばならぬことでありまするぞ」

光信は日下部がこの教団に入信したのは、橋や池溝造りを実施しているせいではなく、あくまで教団の独自の信仰や布教の内容、そのものにある、と言っているのだ。

「実は、この日下部どのは写経が得意。写経は仏に対する信仰の証しともなる。その写経をわが教団の信者にもぜひ教えたい、と申されておりまする」

「ほう、写経をな」

「はい。信者たちを、いま以上に篤い信仰心を持つ仏徒にしなければなりませぬ。さっそくこの日下部どのから、信者たちを指導してもらうつもりです」

いま光信は信者たちに法華経、大般若経、金光妙経などを学ばせ、またそれらのお経を唱えさせている。

さらに加えて日下部の信仰する経典を説き聞かせ、事業を重んじるいまの教団の方向を変えさせようとする、そんな光信の魂胆が底見えるのだった。


その年の天候は、春から自然の妙理を疑う異変つづきとなった。田植えが終わったころから雨が一滴も降らなくなり、作り田の苗も枯れてしまった。

村の里長たちが恐れていた旱魃の襲来だった。毎日、白々とした強い陽が大地を焼き、畑の作物も枯れ、水を求めて死んだ獣の悪臭が立ちこめた。

人々は草木を食べ土を食べ、そして、つぎつぎと餓死者が出始めた。

「これは長屋王の怨霊の祟りぞ！」

そんな噂が、あちこちで吹聴されていた。その怨霊の出現には根拠がある。長屋王の遺骨が海を漂流し、ある島に流れつき、そこで恐ろしい疫病を流行らせた。その話は真実のことだ、と信じている者は多かった。

（ついに、長屋王も魔霊になってしまったのか）

このようにしてどんどん勢力を増してくる魔霊を阻止するには、仏の霊力が最も有効なのだが、今の官寺の僧侶たちの力では、とてもその霊力を発動させることはできない。

（他に何か特別な方法を考えなければならぬ）

行基にとって、それはまた新たに挑まなければならない課題なのであった。

和泉国大鳥郡の村々は、地獄まがいの悲惨な状態にあった。だが、茨城池のある村だけは貯水池のお蔭で、なんとか飢饉の害から逃れることができていた。

その成果を見て、同じ大鳥郡の檜尾村の里長が、行基のもとを訪ねて来た。

「ぜひ、わが村にも池をお造りくだされ」

里長は地に額をつけたまま顔を上げようともしない。

「うむ。されど、いまは人手が足りなくてな。助けてやりたくとも、やれぬのじゃ」

と行基は憐れんで言う。

立派な茨城池の築堤に感心した各地の里長から、つぎつぎと造池の申し出があり、工事の現場が増加していたのである。

おまけに光信は信者たちの仏道精進に熱を入れ、景静が要請する人数を出すのを拒絶することもたびたびである。事業は架橋と造池の二つになってから、いっそうの労務者の数を必要としていた。

だが、檜尾村の里長は、

「人が足りねば、われらのほうから出しますので」

と執拗に懇願し、行基もついにうなずかざるを得ないのだった。

後日、行基が里長の家に出向くと、そこには数十人の農民が集まっていた。飢えて肉が削げ落ち、枯れ木のような姿の者ばかりだった。

「われらは、もう動くことさえ難儀な有り様。厳しい務めなぞ、とうてい無理なことじゃ」

「そうぞ。そんなことに励んだりすれば、みな死に絶えてしまうぞな」

農民たちは口々に、そう叫ぶ。

「よう聞け。われらはこのままでは、なにもせずとも、飢えて死んでしまうのじゃ。どうじゃ、どうせ死ぬのならば、池を造り、死してその池を護る仏となろうではないか。われらの死せる魂は池の水と一緒になり、その水と共に流れゆき、作り田にそそぐ。稲魂《いなだま》さまをお助けし、稲を稔らせようではないか」

里長が声を張りあげ、農民たちを幾度となく執拗に説得する。

「……そうか、われらが魂は、最後は稲魂さまの手助けをして、作り田の稲を稔らせるのか」

「水を湛えた池を生身のこの眼では見ずとも、肉身を離れて魂となったわれならば、しっかと見ることができる、ということか」

農民たちは、やる気になったようだった。

行基は胸を激しく打たれた。

飢えて明日は死ぬかも知れないという者たちが、おのれの生命を犠牲にしてまでも、稲の稔りを実現するために池を造ろうとしている。


行基は、檜尾池造成の事業実施を、景静に指示した。

数人の熟練した教団の技術者の指揮のもとに、飢えている農民たちは真っ黒になって働いた。たとえ、皮膚や筋肉や骨がしぼみ、血や肉は枯渇しても、なおその志だけは衰えることなく、神変不思議な力を発揮する。

予想した事態が生じた。工事が終わるまでのあいだに、かれらはつぎつぎと倒れ、池が完成したときに生き残った者は、その半分にも満たなかった。

最後の作業の段階になると、やはり、教団の信者を大勢動員しなければならなくなった。

行基は造池の報酬（布施）は、稲が充分、稔るようになって、村人の暮らしが落ち着くまではもらわぬ、と里長に伝えた。里長は行基のまえに平伏し、しばしのあいだ立ち上がろうとはしなかった。

しかし、この工事が終わるまで待たず、景静と光信のあいだに、修復不可能なほどの深い対立が生じるようになってしまっていた。

大領の日下部首麻呂が教団に入信したことに自信を深め、光信はますます信者たちに仏道への精進を要求するようになった。

「かような有り様では、もう事業をつづけるわけにはゆきませぬ。どうか、光信に厳しく申し渡してくだされッ」

景静は怒り心頭といった感じである。

「それほど現場では困っておるのか」

「はい。光信めは、労務に出ようとしている信者たちに、橋や池を造ることなどより、仏道を学べ、仏道を学べと指示し、なにかと引き留めておるのです」

「……」

行基は考え込んだ。

こうなってしまっては、光信を戒めるしかない。せっかく軌道に乗ってきた事業が衰退するようでは、布施屋や寺院に寄食する信者たちを養い、新たな窮民を受け入れることができなくなる。

行基が清浄士院にいる光信を訪ねようとしていると、思いがけず光信のほうから行基のもとにやって来た。

光信は行基の顔を見るなり、

「お喜びあれ。御仏のご加護がありましたぞ！」

と四方に響く声を出した。

「なにごとか」

光信は息を詰まらせながら、驚くべきことを語った。

これまで行基の教団の僧や尼は、朝廷が認可していない私度僧で優婆塞、優婆夷と呼ばれ、それゆえ数度の弾圧を受けてきた。

それが行基の信者たちで、仏法を学んでいる者で、男は六十一歳、女は五十五歳、その歳以上の者に限って朝廷が得度を許す、というのである。

朝廷の認める得度には、年に一定の人数を認める年分度、それと臨時のものとがある。いずれも難しい試験があった。

定員は原則として十名。朝廷からは得度を証明する度牒が発行され、得度者には課役が免除される特権が与えられる。

行基の教団の信者たちは、朝廷からみると得体の知れない者ばかりである。それなのに官度僧と同じ資格を与えるというのである。

「これは行達どののお蔭でもありまする」

光信は多くの信者がさまざまな経典を学び、仏道の精進励行をしていることを、薬師寺の僧綱所にいる兄弟子の行達に報告していたのだ。

「行達どのは、大いに喜ばれましてな。それこそ仏の弟子たる者の成しごとぞ、と褒めていただきました」

今回、教団の信者たちの得度の認可が下りたのも、多分、行達が、そのことを光明皇后に伝え、皇后が重臣たちを動かしてくれたに違いない、と光信は得意満面の顔になっている。

光信の言うように、朝廷の方針に変化があったのは、確かに仏法の習得に熱心な信者たちが増えたことがあるかもしれない。だが、それだけではないはずだった。

架橋、池溝の造成、新田開発の助力、布施屋の設置なその社会事業をすることによって、多くの貧民を救い、村人たちの暮らしを豊かにしている。そのことがあったればこそ、朝廷は思い切った決断をしたに違いないのだ。

本来ならば、これらの事業は朝廷がやるべきこと、それを行基の教団がかわりになって遂行してくれている。朝廷の重臣たちには、確実にその認識があるはずだ。かれらは行基の果たす社会貢献を、認めざるを得なくなったのだ。

「朝廷の許しで得度した者は、もう布施行をおこなっても、なんら問題もありませぬ」

教団の僧たちが、また善因善果、悪因悪果の法を説き、村や都の家々をまわって布施行に励めば、その収入（布施）も無視できない。

そして、それはまた、そのような者たちを、池造りの労務者として使わせないための大義名分とされることであろう。

「そのような布施行で得られる財こそ、仏道に適うまことの財なのでありまするぞ」

事業で財を得ようとすることなど邪道である、と言わんばかりの光信の口調である。

だが、行基の教団の信者とされる数は、もう数千人にもなろうとしている。それだけの人数の命を支えるには、とてもそんな僧たちの布施行だけでは不可能なことだった。

朝廷から得度を官許するという朗報は、明らかに教団の雰囲気を変え、光信を勢いづけるものとなった。

「よいか。仏道に真面目に取り組む者は、いずれ朝廷から得度の許しが得られ、官寺の僧と同じになれるのじゃ。心して励むがよいぞ」

光信は声をふるわせて、そう信者たちを激励した。

「信者たちは、みな光信のほうにばかり眼を向け、工事の現場に出ることを嫌がっておりまする。いったい、これからいかにしたらよいものやら……」

と景静は嘆く。

景静が深刻に思い悩むのには、特別な理由があるのだ。このところ立て続けに、大がかりな造池の事業の話が持ちあがってきていたのである。

完全に朝廷の風向きの変わったことが、はっきりと読みとれた。

最初の事業の話は光明皇后のお声がかりで、和泉国の久米田池の築造と拡張だった。

地元の郡司からは直接、

「これを大池にするためには、どうしても行基どのの助けを借りよ、という上からの命令なのです。どうか、お力をお貸しくだされ」

と申し出があった。

それは光明皇后の考えでもあったが、皇后の異母兄で、皇族派の参議、橘諸兄《たちばなのもろえ》が、この事業に行基を関与させることに、より真剣であったという。

朝廷からの依頼ともなれば、村は人手も出すし、資材は官から提供され、労務の賃金もきちんと支払われる。それは当然、行基の教団の財源を潤すことにもなる。


二つ目の大事業の話は、河内国の狭山池の改修である。狭山池は『古事記』『日本書紀』にも記述のある、わが国最古の貯水池だった。

これも数千人の労働力を必要とする大工事で、これには課役に従事する役民と、地元の豪族、農民たちが動員され、行基の教団は労務の主力を提供すると同時に、工事の指揮管理を任されることになる。

むろん、工事に要する資材、現場の労働に従事する者の食糧と賃金は官の負担である。国府はこれらの費用のために、正税、出挙稲をもってこれに充て、大きな国などは穫稲四万束としていた。

元の狭山池のほうの工事は行基の教団が実施し、その下池の築造は官、国府が担当するという計画であった。

行基の教団にとっては、初めての官民共同事業となった。それまでは行基の教団を違法な私度僧集団としていたものを、国家公認のものとしたのである。

行基の教団が発足して以来、二十七年目のことであった。

ところが、目の前には難題が待ち構えていた。その事業の現場に出ようとする信者の数が、まったく足らないのである。それも、いままで工事に長く携わってきた熟練の者が、驚くほど減ってしまった。

教団を仏道中心のものにしようとする光信の方針が影響していたのだ。工事現場に出る者は仏道の修行を怠る者であり、官許の得度は得られない、と考える信者が、多くを占めるようになっていた。

そのうえ教団の運営方針をめぐる争いで、信者たちを導く光信と景静は顔さえあわそうとしない。幹部の僧たちも光信の方針に同心する者がだんぜん多く、景静を支えるのは秦氏の延豊、土師氏の法義くらいであった。

教団にとっても正念場である。下手をすると、空中分解してしまう危険性だってある。

行基が決断をしなければならない時を迎えたのだった。

行基は光信を生家の家原寺に呼び、そこで二人だけで話しあうことにした。

「なにごとでありますか」

景静の様子とは異なり、光信は自分の活動に自信を持っている。生気に満ち満ちた表情をし、その口調まで弾んでいる。

「実は、そなたとじっくり語りあおうと思ってな」

行基がそう言っても光信は気にするふうもなく、余裕の笑みを浮かべている。

「はて、なにか起こりましたのか」

「うむ。われらの教団の在り方、われらが今後、進む方向について、そなたの意見も聞き、またわれの話も聞いてもらわねばならぬ、と思ってな」

「今後、進む方向と申されまするのか？」

なにをおかしなことを言っているのか、それならば決まっていることではないか、といった光信の顔である。

「うむ。そなたが仏道に熱心で、優れた僧であることは、われはよくわかっておるつもりぞ。じゃが、いまの有り様では、わが教団は立ち行かぬ、と思っておるのじゃ」

「はて、奇怪なことを申されまするな。いま、教団はまさに正しい方向へと進みつつあるではありませぬか」

「光信よ、そなたは考え違いをしておる。前々から申しているように、わが教団は官寺のごときであってはならぬのじゃ。官寺は仏道にのみ拘泥し、いっこうに民に眼を向けようとはせぬ。さようなものになってはならぬ、と思うがゆえ、わが寺院は仏道のみならず、事業のほうにも力を入れておる」

そういうことか、と光信はうなずく。

「はい。われも最初、窮民を救済することに意義を感じ、それが仏の教えに叶うものとして、充分、満足を覚えておりました。しかし、どんどん増える信者たちを見ているうちに、これは誤った方向へ進んでいる、と悟ったのです」

「うむ」

「事業をやることは、確かにそれなりの利益をもたらしはするかもしれませぬが、この教団の第一の使命は、やはり真摯な仏徒を育てることにあるのです。ただ飢えた農民に飯を食わせているだけで、それでいったい何になりましょうや。それでは泥水の中で、土の塊を洗っているだけのようなもの」

「……」

「そうでなければ、われらが生命を懸けてまでやることなぞありませぬ」

光信の顔が、しだいに熱気を帯びてきた。

「仏道を究めようとする篤い信仰心を持つ信者の集団、そうなってこそ、この教団が存在する価値があるのです。ところが、驚いたことに迎え入れた者のなかには、仏法を学ぶことすら嫌う者がおるのです。ここに来て、ただ飢えを凌げるならば、それで善し、とする者が多くいるのです」

「確かに、さような者もおるじゃろう。じゃがな、仏法を学ぶことは嫌っても、その者たちは橋や池造りの作業では、喜んで働いてくれておる」

「行基さまの申し様は、さように働くことが仏法を学ぶことと同じである、というふうに聞こえまするが」

「同じであろうな。何故ならば、いずれも人々の生命を救うためにすることであるがゆえ。橋を造るために木材を運び、池を造るために土を汗して運ぶことも、いずれも仏道を修行することである。仏道の修行というものは、人間の日々のあらゆる営みに通じておるものなのじゃ。今の官僧に似せた仏道修行などしてはならぬ」

「わかりませぬ。さような申し様は……。この教団に仏法を嫌う者を入れることなぞ、仏の御心に叶うことではありませぬ。仏法を学び、仏道に励もうとする心を持つ者だけにすべきです。飢えて困る人間とみれば、だれかれかまわず、むやみにここに連れて来ることなぞ、やめるべきなのです。いまの教団の信者の数は多すぎまする」

「ならば、そなたは飢えて死にそうになっている千人の人間がいても、そのうち百人だけを救い、あとは見離せと申すのか」

「そうです、それでよいではありませぬか。仏道に不熱心な者を教団におくことなぞ、まるで無意味なこと」

「そなたの申すことは、小さな谷川を笑うようなものぞ。谷川の水はいくら少なくとも、やがて、それは大海にそそいで波濤となるもの。それに、どのような人間にも仏性はある。九百人の生命を見捨て、百人だけの生命を救えばよいとすることなぞ、それこそ仏の御心に叶うものではない」

光信は口をつぐむ。

「それに、そのように数を減らせば、もう橋を架けることも、池や田を造ることもできなくなる」

「いや、やはり、布施行だけで養える人数にすべきなのです。仏道への精進をおろそかにする教団なぞ、今の世には無意味、無益な存在ですぞッ」

光信の声がうわずっている。

「そうではない、このような教団は今の世にこそ必要とされる有益な存在なのじゃ。わが教団は一人でも多くの救民の生命を救うこと、それを本願とする。それゆえ、なにがなんでも仏道と事業は両立させねばならぬ。そなたには、そのことを得心してもらわねばならぬのじゃ」

「行基さまは間違っておられますする。仏道と事業、その両立なぞできぬ話ッ」

「できる、立派に両立できる。仏の説く正しい道を歩むこと、それに少しも違うことではない」

仏法の功徳によって人を救うか、それとも事業の営利によって人を救うか。かならずその一方を選ばなければならない、という信念に光信は凝り固まっている。

それは、人間に生きることを選ぶか、それとも死ぬことを選ぶべきか、と問うようなものである。

そうではない。いずれかを選ぶ必要なぞないのだ。生死は一如……生きているなかに死があり、死ぬことのなかに生があるのだ。

「とにかく、光信よ。われは仏道と事業の両立をはかり、いずれかの一方に偏るようなことはせぬ。従って、そなたに命ずる。信者を仏道に励ませることで、事業に支障が出るようでは困る。そのことを心がけてもらいたい」

と行基は光信に厳しく命じる。

「もし、われが、それに否と申したならば、いかがなされますかッ」

光信の顔面が朱に染まっている。

「そのときは残念ながら、そなたとはタモトを分かつしかあるまい。そなたの兄弟子の行達も、そうであった。教団の運営方針で考えが相違し、ここを出て行くことになった」

行基は諭すように静かに言う。

すると、光信は両眼を充血させ、悪鬼のような形相になり、

「行基どの、あなたは過ちを犯しておられる。かような事ばかりやっていると、いつかあなたは仏僧とは呼ばれなくなり、さような悪しき教団は、かならずや滅び去りまするぞ！」

と叫び、背を向けた。

やがて、光信は行基と決別した。その光信に従う教団の幹部も多かった。

やむを得ないことであるとわかっていても、胸に迫る憂情は行基を苦しめた。

光信は薬師寺にいる行達のもとへ去った。行基は行達と会い、光信の今後のことを念入りに頼んだ。

「光信には驚きました」

と行達も光信の行動が理解できないようであった。

「人は時に迷うこともあろう。光信もいずれその迷いの闇から脱けだすことができよう。それまでは、そなたとのもとに置いてくれぬか」

「わかりました。われがお預かりいたしまする」

行達は、そう約束してくれた。

狭山池の工事が進み、行基の教団にとって初の官民共同の事業は、成功しつつあった。

朝廷の重臣たちが、池の工事を視察に行くことを要望している、と行達から連絡があった。

光明皇后に眼をかけられている行達は、なにかと行基の教団のために奔走してくれている。

重臣たちを工事現場に連れて来ることが、行基の教団のためになるだろう、と考えたのだ。

その日、行基が現場に足を運ぶと、行達と着飾った数人の重臣たちの姿が見えた。行基はかれらとは少し離れた位置に立つ。

仏道者（僧侶）が王侯貴族と接するのは、慎重でなければならない。いくら朝廷と協調し事業をやるようになっても、多くの王侯貴族と馴れ合いになることは、仏の意志を汚すことになる。

行基を認めて、行達が近寄って来た。

「あそこにお出でなのが、参議の橘諸兄さま。その前におられるのが、帝であられまする」

行基は六十五歳、この時、初めてまだ若い聖武天皇と顔をあわせたのだった。

朝廷で最高位の地位にある橘諸兄が、行基に気づき目礼をする。聖武帝は池の造成工事に従事する信者たちに視線を投げかけていた。

橘諸兄が行基のほうにゆっくりと歩いて来る。

諸兄はいかにも皇族出といった感じで、小柄でほっそりとし、ずいぶんと色白の上品そうな人間である。

「これは行基どの、初めてお目にかかりまする」

と橘諸兄は自分から挨拶をした。

「狭山池といい、久米田池といい、かような大掛かりなものは、朝廷だけでは手に余ります。いかにしても、行基どののご助力を仰がねばならぬ、と思いましてな」

と諸兄は穏やかな顔で、ていねいな物言いである。

三年ほど前に、行基は教団の集会を平城京の東の地で開催したことがある。その時、集まった信者たちの数は一万人を数え、その催しは都の人々のあいだで評判になった。

あるいは諸兄は、その盛大な集会の様を見ていたのかもしれない。

「われらは喜んでお手伝いいたしまするぞ」

と行基も笑みを浮かべながら応える。

「近頃は朝廷でなにか事業をやろうとしても、なかなか思い通りにはゆきませぬのじゃ」

諸兄は苦しそうな表情になっている。

かれは朝廷の重臣にしては、案外と素直な人物であるようだ。育ちの良さが滲み出ている。

この諸兄は実に幸運な人間だった。政権を牛耳っていた藤原房前ら四兄弟が、突如、裳瘡《もがさ》(天然痘)で急死したあと、脚光を浴びることになったのである。

諸兄が行基の顔を正面から見つめて尋ねた。

「行基どのに問いまするが、いまの政事の誤りは、なんであると思われまするや」

「そうですな。……貴族や官吏が権力をほしいままにし、まったく民人の窮状のことなど考えない。ただ民人から略奪するだけで、たとえ作物が豊かに実ることがあっても、国に餓死する者が常に多くいる、ということでありましょうな」

「うむ、なるほど」

「民を虐待するような国は、かならず滅亡の道を辿ることになるものです」

行基は声を励まして言う。

「そうであることを承知していないわけではありませぬ。帝も、そのことを常に案じ、心がけておられまする」

「ならば、形を示されよ。この世に飢えて呻吟する者たちが、いかに数多おることか。その有り様をしっかと見られよ」

「そのことでは帝もずいぶんと心を痛めておられるのです。帝は仏を尊び、仏の教えに基づく政《まつりごと》をしたい、と願っておられまする。それが、なかなか思い通りにはならぬのは、あれこれと異なる意を述べ、反対する臣が多くおりましてな」

諸兄はそう呟いて、聖武のほうを眺めやった。

聖武は病弱な人間ではあるが、信仰心の篤い光明皇后のおかげで魔霊に取り憑かれてはいない。その聖武の眼は澄み、朝日に輝いている。

行基は決然と言った。

「さようにやたら帝に異を述べ立てる官人たちは、おそらく魔霊に憑かれておるはず。都にはあまりに多くの、政を恨みに思う魔霊たちがおる。これはすべてこれまでの政事の誤りで犠牲になった民の霊でありまするぞ。それと官人は民人のことを思わず、おのれの富に夢中になるばかり、さような官人の悪しき性が、魔霊をおびき寄せ、おのれに取り憑かせているのです。ほとんどの為政者が魔霊の餌食となっている今、なんとしてもこの魔霊どもを追い払い、国の政を正しき方向に戻さねばなりませぬ」

「……それには、いかにしたら良いでありましょうや」

諸兄の表情に不安そうな陰がよぎる。

「はい、われもそのことについては、いかにしたらよいものか、思案しておりまする。いずれお話しできる時がまいるはずです」

行基の物言いは自信に満ちたものであった。

事実、行基は魔霊への対策を、この数年間、思案していたのである。

魔霊たちは為政者に取り憑き圧政を生み出し、農民を窮死させている。そして、それがさらに魔霊たちを増やし、為政者や官僚に憑依し、また悪政をつづけさせる。なんとしても、この悪循環を絶ち切る必要がある。

それには、もっと魔霊たちを強力に圧倒できる何かが必要なのだ、と考えていた。

行基が頭の中で、まだリアルなビジョンにまでは高まってはいなかったが、ヒントらしきものを得たのは、一年ほどまえに藤原房前の紹介で会った大僧正の玄昉《げんぼう》との面談だった。

かれは二十年にわたって唐に留学し、高僧、智周に法相を学び、吉備真備と共に橘諸兄政権の一端を担う人物だった。

かれが聖武の信頼を得たのは、聖武の母、藤原宮子の病気を心霊治療で全快させたからである。

かれは話のなかで、こんなことを行基に伝えた。

「大陸の西の方の国には、人間の数倍もある大仏がある。それはもう魂消るほどの大きさで、その大仏が発動する霊力には、とてつもないものがある」

いくら大仏でもたんに大きければ偉大な霊力を持つというものではない。大仏が本来の霊力を発動するには、永年にわたり多くの人間のさまざまな祈願が、その大仏の意志と重なることが必要なのである。

人間の祈願する思い、思念の持つエネルギーが大仏の中に蓄積され、大仏自身がその祈願・思念そのものとなってこそ、初めて稀有な霊力となって発動されるのである。

しかし、この構想が現実的に具体化するには、それからさらに長い時を要することになる。

第十章　大仏造立

行基は七十歳になった。

その心境にも、いつか変化が生じていた。

夕方に枯れる葦は、月の始めと終わりを知らず、夏の蟬は秋と冬を知らない。短命であるそれらにくらべて、果たして人間は長命と言えるであろうか。人の現世での生涯など、白馬が塀の隙間を、あっというまに通り過ぎるようなものである。

行基の教団は相変わらず多くの窮民を救済し、さまざまな事業を活発におこなっている。それらの事業による利益、功徳は一つの灯をもって百千の灯をともす無尽灯のように、数多くの農民の生命の火を輝かせている。

行基にとって、この歳になってようやく希有の事を成し遂げた、という思いがないわけではない。しかし、それでいて近頃はその胸に、一抹の寂寥感がたえず去来する。

魔霊（悪霊）がこの世を支配している現状を、このまま放置しておくわけにはいかない。なんとかせねばならぬ、という長年の苦悩を完全に払拭できないせいでもあった。

薬師寺の僧綱所にいる行達は僧都になっていた。僧都は官度僧のなかで僧正に次ぐ高位にあり、大変な出世であった。いつか行基も朝廷人たちから大徳と称されるようになっていた。

ある日、行達から、

「帝が行基さまにお会いし、お話をうかがいたい、と仰せになっておられまする」

という連絡があった。

場所は河内国の智識寺である。そこで聖武帝と橘諸兄、行達の四人で会うことにした。行基にとって、帝とは二度目である。

智識寺には本尊として、盧舎那仏《るしゃなぶつ》が祀られている。寺の金堂で、行基は帝を拝した。帝だけ奥に一人ぽつんと座し、やや離れて諸兄と行基らが控えた。

聖武帝は、以前、会ったときと同じ、弱々しく神経質な感じである。

「行基よ、そなたの功業に、朕は感じ入っておる」

と帝から先に声をかけてきた。女人のような細く澄んだ声であった。

そして、そのあとは、もっぱら橘諸兄との話し合いになった。諸兄は藤原武智麻呂が亡くなった後、その地位の左大臣の席に座り、政権の首座を占めている。

「行基どの、帝はここにある盧遮那仏が特にお気に召されておられる。そこで、この仏像を新たに造り、それぞれの国分寺に置いたらどうか、とお考えになっておられる。行基どのは、いかがお思われるや?」

「数多の仏像を国分寺に置かれるのか。はて、その目的とは……」

「むろん、国家鎮護の祈願です」

鎮護国家……仏教の功徳によって天災地変を鎮め、国を護り、安泰にすることである。

「ならば、問いまするが、さような仏像を造り、金光明最勝王経を講じる、それだけで国は平安となり、栄えるとお思われるや。役人や貴族たちが民人のための政事に熱心になると思われまするや」

聖武帝が身体を乗り出してきた。

「仏像をどれほど沢山つくったところで、とても国に平安など訪れることはあるまい」

行基はきっぱりと言う。

その程度では都に巣食い、役人たちに取り憑き政事を動かしている魔霊たちを、とうてい追い払うことなどできない。これから国内で起きる戦と災害とで、魔霊たちの勢いがますます増すことを阻止することはできないのだ。

諸兄はしばし無言のままだったが、やがて、

「ならば、行基どのは、仏像なぞ造らずともよし、とお考えなのか」

と訊いた。

「いや、さように申しているわけではない。国分寺に仏像を置き、それにただ経を誦しておればよし、ということに異を唱えておるのです」

帝が行基に強い視線を向けてきた。

「いまの朝廷人は民人を、礼儀骨法をわきまえぬ民草と侮り、まるで塵芥のごとく扱っておる。君主は舟、民は水。舟が浮くも沈むも水しだい。そのことを悟らねばならぬ」

「そうじゃ。民は水ぞ」

と帝もうなずく。

「朝廷人に取り憑き、役人たちの心を動かしているのは、都に巣食う魔霊ども。まずその魔霊どもをなにがなんでも都から追い出し、朝廷の政治をまともなものにしなければならぬ。それには物凄く強い仏力をもって、魔霊たちを退治する必要がある」

「はて、物凄く強い仏力をもって?」

諸兄が首をひねる。

行基は沈思の後、大声で告げた。

「さよう。そのような膨大な霊力を発動するものが必要だと考えておるのです。この行基には一つ、思案がありまするのじゃ。魔霊どもを退かせるには、大陸の西の国にあるような、那智の大滝のような大きな仏像を造る必要がある、と思っておりまする」

と行基は永年胸にあたためていた構想を述べた。

「なんと、那智の大滝のような!」

諸兄は叫び、帝も大きく眼をひらく。

「はい。世界のどこにもない巨大な金銅の大仏を造るのです」

「……」

諸兄も帝も沈黙した。

結局、盧遮那仏の大仏造立の話は、その場では明確な結論が出ないままに終わった。

そんな時、橘諸兄が別の話を行基に持ちかけてきた。

「このたび平城京より新たな都に遷都いたすことになった。ついては、ぜひ、行基大徳どのにもご助力をお願いしたい」

遷都となれば数年がかりで、しかも、数万人の役民を動員しなければならない大工事である。

「承知いたした。お助け申す」

行基は二つ返事で承諾した。

新都、恭仁京の工事には、多大な資財を必要とし、そのかなりの量は平城京のものを取り壊し、調達されることになった。

運搬を効率よくやるには、平城京と新都を結ぶ木津川の橋が重要になる。

行基の教団は、その川に架ける泉大橋の事業を、請け負うことになったのである。造都のため五千五百人の役民が地方から集められ、行基の担当する工事が開始された。

そして、泉大橋が完成した後に、教団の信者のなかから七百五十人の者に、官許の得度、官度僧と同等の資格を与える、という誓約が成った。

大橋が出来上がると、行基は諸兄に、この時とばかり大仏造立の話を持ち出した。

「左大臣、もし、朝廷が大仏造立を決断なされたならば、今度の泉大橋の工事の時のように、われらも全面的にお助けいたしまするぞ」

その言葉を聞いて、諸兄は深くうなずいた。

行基も考える。

死んでも滅びないのが、民衆の力。それは時に日月の輝きを凌駕《りょうが》するものとなる。もし、民のその強大な力で、金色に輝く大仏の姿を具現したならば、

「これまで民の力をあなどっていたが、これは無視することなどできぬ」

と為政者は悟り得る。

神々しい大仏を仰ぎ見るたびに、これを造った民の強大な力を思い知ることになるのだ。

「さっそく、帝に奏上いたしましょう」

左大臣は行基に合掌した。

聖武帝は橘諸兄の話を聞いて、行基の発案した大仏造りに喜び、即座に許した。これほどの大仏の完成には、朝廷だけの財では、どうしても無理である。そのためには、全面的に行基の力を借りなければならない。

帝は猪名野にある百五十町歩の水田を、行基の教団に特別に下賜した。その水田は身内のない人々を救済するための、給孤独園《ぎっこどくおん》を運営するためのものとした。行基の教団が直営する作り

田としたのである。

また朝廷は行基が力を充分、発揮できるようにと、かつての反逆者であるかれを大僧正に任命した。


七四三年（天平一五年）十月一五日、聖武帝は大仏造立のための詔勅を発した。

「天下の富を所持するのは朕である。天下の権勢を所持するのも朕である。この富と権勢をもって、この尊像を造るのは、ことは成りやすいが、その願いを成就することは難しい。もし、さらに一枝の草や一握りの土を捧げ、この造仏の仕事に協力したいと願う者があれば、欲するままに、これを許そう……」

行基の支援を強烈に意識した内容であり、それでいて、天皇としての対面をいかに保つかを腐心する、苦しい詔《みことのり》であった。

行基は大仏造立の智識頭主《ちしきとうしゅ》となった。この事業を推進するための勧進役であるが、実質の最高責任者であった。

行基はこの時、すでに七十六歳、当時としては大変な高齢であるが、肉体の衰えにもかかわらず、弟子たちを連れて各地に勧進してまわって基金を募った。

教団からも財と労働力を大いに提供することにした。

現場の作業を指揮監督するのは、だれが適任か、景静と相談することにした。

「誰にいたしましょうや」

と景静は教団の幹部の名を幾人か指名する。

行基は黙って景静の言うことを聞いていたが、

「光信に頼もうか、と思っているのだがな」

と一言つぶやいた。

「えッ、光信」

景静は絶句した。

光信は教団の方針で対立し、ここを去った人間である。

しかし、やがて景静は静かにうなずいた。

「それは善いことですな。大仏造立の事業となれば、まさに光信にはうってつけ。ここで苦労したことも活かされるわけですからな。……また光信の顔を見ることができますするのか」

景静の瞳が潤んでいるようだった。

光信がこの教団を去った後のことについては、行基は行達より情報を入手していた。

光信は新たな悟りを開きたいと山岳修行に入り、近々その行を終えて、また薬師寺に還って来る予定になっている。

行基は行達を訪ね、大仏の造立のことを光信に伝えるよう依頼した。

後日、行達から連絡があり、光信はそれを耳にするなり、

「行基さまが……」
と言ったきり、あとはただ涙にくれていたという。

聖武天皇の詔勅発布の翌年、近江の紫香楽宮《しがらきのみや》の近くの甲賀寺《こうがでら》に、大仏（廬舎那仏）の体骨柱が建てられることになり、天皇自ら縄を引いた。

しかし、造立工事が始まると、自分たちの危機を悟った魔霊たちは、一斉に攻撃を加えてきた。

作業をする者たちに奇妙な事故が続出し、つぎつぎとケガ人が出たのである。

「行基さま、これはただごとではありませぬぞ」
と光信が訴えてきた。

信仰心の篤いかれも気づいたのである。

「作業員のケガは、かれらの不注意によるものではありませぬ。かの悪しき力が害を及ぼしているようです」

さっそくその対策をする必要がある。さもないと、作業員たちが怖気づき工事を進めることができなくなる、と光信は案ずる。

「わかった。なんとかいたそう」

行基は祈禱をおこない、工事現場に注連縄を張り、それに土鈴をたらし、さらに塩をまいて浄め、魔霊を寄せつけないようにする霊的バリアー、特別な結界をこしらえた。

魔霊たちのいる地上世界と霊界を結ぶ、いわば密教にいう道場結界である。霊界への入り口を設け魔霊たちをおびき寄せ、あわよくばかれらを上層界へ導こうとするものである。

けれど、自分たちの存在を脅かす大仏なぞ造立させまいとして、魔霊たちも負けてはいない。なんとか工事をやめさせようと、今度は聖武天皇に狙いをつけた。

原因不明の山火事が紫香楽宮の近辺で、ひっきりなしに起きるのである。さすがに、天皇はこの不審火には、

「なんと怪しげな炎のことよ。まるで朕を呪いたてているような」

と動揺し、精神が不安定になった。

そして、政事の中心となる都の移転をくりかえし、この頻繁な遷都のせいで、政権の維持も定まらない状況に陥った。

結局、恭仁、難波と転々とし、五年ぶりに旧都の平城京に戻ることになった。甲賀寺に造立を始めた大仏の工事も消滅の危機である。

行基は左大臣の橘諸兄に、直談判をした。

「帝は大仏の工事を、いったいどうなさるおつもりなのか。都でないところに大仏を置いたところで、政事に害を及ぼす魔霊たちを追い払うことなぞできませぬぞ。せっかく詔勅まで出されたというのに、これではまた元の木阿弥に戻ってしまう」

「さよう、われもすっかり困っておるのです。何を申し上げても、いまの帝は耳を貸そうともせぬ。すっかり魔霊どもに憑かれてしまわれたらしく……」

諸兄は困惑した表情を行基に見せた。

「光明皇后におすがりなされ。あのお方は、特別に仏のご加護を得ておられるお方ですから」

諸兄ははっとなったように、

「そうじゃな。そうすることにいたそう」

とうなずいた。

果たして、行基の予想どおり、光明皇后に懇願した成果があった、と後日、諸兄から行基に伝言が届いた。

大仏造立の現場は甲賀寺から大和の金鐘寺《こんしゅじ》（後の東大寺）に移されることになった、というのである。

「ありがたや。これでわが国も救われまするな」

と光信も喜んだ。

翌年、玄昉が筑紫に左遷された、という情報が行基の耳に入った。

考えてみれば、かれが行基に、

「大陸の西の方の国に人間の数倍もあるという、とてつもない仏が造られているそうです」

という話を聞かせなかったならば、このような大仏造立の発想は生まれなかったのかも知れないのだ。その意味では、玄昉はこの国にとって有益な人物であったが、しかし、かれもまた藤原氏の政争に巻き込まれ、その犠牲者になってしまった。

玄昉は左遷されて数カ月後に死去した。その死に様は異様であり、突然、空中から大きな手があらわれてかれを連れ去り、藤原氏の寺である興福寺に頭部のみが落ちていたという。

（それも玄昉を憎んだ魔霊たちのしわざ、報復に違いなかろう。……考えてみれば、魔霊どももかわいそうなものたちぞ。悪政の犠牲となり怨念の塊となり、それゆえに天界に昇ることもなくこの地上世界に執着しておる。

早く大仏をこしらえ、かれらの怨念を浄め、麗しい天上の世界へと導いてやらねばならぬ）

行基の督励が効いたのか造立工事ははかどり、それを支援するカンパもしだいに増えていった。

特に越中（富山県）の豪族、志留志《しるし》から米、三千石の寄進は行基を喜ばせた。それは行基の知友である『万葉集』を編纂した大伴家持が、越中の国司になったとき、志留志を説得し実現させたものであった。

聖武天皇、光明皇后は金鐘寺に行幸し、盧舎那大仏に燃燈供養を行い、本工事となる鋳造が開始された。大仏師は国中連公麻呂、鋳師は高市真麻呂、高市大国が務めることになった。

……けれど、大仏の完成を待たず、偉大な宗教家、社会起業家である行基の天命も尽きようとしていた。

七四九年（天平勝宝元年）、行基は河内国の菅原寺で、その八十二歳の波乱に満ちた生涯を閉じた。

行基が命終した二十日後、陸奥の国に、わが国初の金の鉱脈が発見され、聖武帝を驚喜させた。

「これは行基菩薩さまの御利益に間違いなし」

と人々は口々に言いあった。


入滅後、僧たちのあいだに、行基は火光三昧、火定《かじょう》を遂げたのだ、という噂が流れた。

火光三昧は、聖者が入滅するときに用いる、肉身から種々の火炎を噴き出しつつ瞑想に入り、そのまま冥界へと旅立つものだった。

「まるで、大仏の身代わりのようじゃ」

などと僧侶たちは言いあった。

七五二年（天平勝宝四年）、一部の鍍金作業を残し、盧舎那大仏はついに完成した。要した年月は七年、八度に渡る鋳造を経てのことであった。

鍍金の溶剤として用いる水銀の毒によって、多くの人命がうしなわれたりもした。

世界最大（高さ一五メートル、重さ二百五十トン）の金銅製の仏像である。巨大な大仏のまわりに土を盛り銅を流す、その繰りかえしの作業で、八層にもなる土盛り工事となる。

要する資財は、熟銅七三万九五六斤、白銅一万二六一八斤、練金一万四四六両、水銀五万八六二十両、炭一万八五六石。

工事に投入された延べ人員は約二百六十万人、当時の国の人口の半数を越える動員数だった。

総費用は現在の価格で四千七百億円超にもなる。

開眼式は盛大に挙行された。

大仏殿の前には五色の旗と宝樹が飾られ、華厳経を読経する僧侶のための舞台が設けられた。

天皇、皇后、皇族の居並ぶなか、南門から約一千人の高僧たちが整然と入場した。

読経をする僧の数は一万。菩提僊那が開眼の筆を執り、華厳経の講説のあと、楽人、舞人によって五節の舞、久米舞、踏歌など、沢山の歌舞が演じられた。

参列する朝廷人たちは、無量の光を放つかに見える荘厳な巨大仏を仰ぎ、その神威に打たれ言葉をうしなった。

燦然と輝きを放つ盧舎那仏には、多くの善男善女が祈願に訪れるようになった。

絶えることのない人々の強く大量の「思念、祈念」は大仏の中に蓄積され、その膨大な神秘のエネルギーは、行基の思惑どおり大仏の強力な霊威となって発動された。

やがて、魔霊たちは徐々に都から姿を消していった。

あとがき

行基は僧侶でありながら我が国で初めて社会起業家として活動した人物である。仏教の布教にあたりながら、貧困にあえぐ人々のために多くの社会的事業を実践した。

八世紀前後は、日本軍四万二千の将兵が、朝鮮半島の白村江で唐・新羅連合軍と戦い、全滅させられて間もない頃である。

その戦いで無残な戦死を遂げた多くの怨念を持つ邪霊、悪霊は、朝廷の為政者たちに憑依し、政事に大きな影響をもたらしていた。

そんな頃に行基は朝廷の政策に反逆し、貧民救済のために無資格の僧侶の教団を作り、激しい弾圧を受けながらも、餓死寸前で山野をさまよう多数の農民たちの救済にあたり、菩薩と称され、さらに大仏建立の実行者となった。

その人生は、現代人の理想とする一つのあるべき人物像を示している。

世界の国の政権の多くは腐敗し、大きな貧富の差に苦しみ、紛争とテロに悩まされている。それは行基が生きた時代の様相と同様なのである。

そんな危機的状況にある時代の救世主となる姿を、行基はすでに八世紀において提示してくれている。

本作品を執筆するに際して、古代の歴史に精通する株式会社アドバンスドシステムテクノロジー会長、市原裕氏には、有益な助言を頂戴し、この作品を完成させる事ができた。氏には心から感謝申し上げる次第である。

篠﨑紘一

主要参考・引用資料

本作品の執筆にあたり、主に左記の資料を参照させていただきました。著者の労作に対し、敬意を表すると共に、心から感謝申し上げる次第です。

『三階教之研究』矢吹慶輝　岩波書店
『貧困のない世界を創る』ムハマド・ユヌス　早川書房
『ソーシャル・ビジネス革命』ムハマド・ユヌス　早川書房
『社会起業家』町田洋次　ＰＨＰ研究所
『社会起業家』斎藤槙　岩波書店
『仏教に於ける分配の理論と実際』友松圓諦　春秋社
『環境・福祉・経済倫理と仏教』芹川博通　ミネルヴァ書房
『中国仏教と社会福祉事業』道端良秀　法藏館
『仏教社会・経済学説の研究』大野信三　有斐閣
『行基事典』井上薫　国書刊行会
『天平の僧　行基』千田稔　中央公論社

『行基』井上薫　吉川弘文館
『行基』速水侑　吉川弘文館
『行基と律令国家』吉田靖雄　吉川弘文館
『奈良仏教と行基伝承の展開』根本誠二　雄山閣出版
『奈良朝の政治と民衆』北山茂夫　校倉書房
『律令時代の農民生活』瀧川政次郎　刀江書院
『律令国家と古代の社会』吉田孝　岩波書店
『日本古代仏教史の研究』鶴岡静夫　文雅堂書店
『奈良時代の史料と社会』瀧音能之　岩田書院
『奈良時代の僧侶と社会』根本誠二　雄山閣出版
『日本古代の菩薩と民衆』吉田靖雄　吉川弘文館
『日本古代国家論』石母田正　岩波書店
『律令公民制の研究』鎌田元一　塙書房
『我が国民間信仰史の研究』堀一郎　東京創元社

篠﨑　紘一（しのざき　こういち）

1942年２月17日、新潟県生まれ。早稲田大学卒業。日本ペンクラブ、日本文藝家協会会員。IT関連企業の社長を経て、現代的な解釈で、スピリチュアルな古代ロマン小説を発表し続けている。

【著作（古代ロマン・スピリチュアリズム小説）】
（弥生時代）
『日輪の神女』（郁朋社）第一回古代ロマン文学大賞受賞作
『持衰』（郁朋社）
『日輪の神女 ── 紅蓮の剣』（新人物往来社）
『卑弥呼の聖火燃ゆる胸』（新人物往来社）

（飛鳥時代）
『悪行の聖者　聖徳太子』（新人物往来社）＊文庫は角川書店
『続・悪行の聖者　聖徳太子』（新人物往来社）＊文庫は角川書店の『阿修羅』
『虚空の双龍』上、下巻（新人物往来社）

（奈良・平安時代）
『言霊　大伴家持伝』（角川書店）
『輪廻の詩人』（郁朋社）

菩薩と呼ばれた男　行基本伝

2019年4月19日　初版第1刷発行

著　者　篠崎紘一
発行者　中田典昭
発行所　東京図書出版
発売元　株式会社 リフレ出版
〒113-0021　東京都文京区本駒込 3-10-4
電話 (03)3823-9171　FAX 0120-41-8080
印　刷　株式会社 ブレイン

ISBN978-4-86641-233-7 C0093
Printed in Japan 2019
落丁・乱丁はお取替えいたします。

ご意見、ご感想をお寄せ下さい。

［宛先］〒113-0021　東京都文京区本駒込 3-10-4
東京図書出版